食べちゃいたい

佐野洋子

筑摩書房

目次

❖挿画――佐野洋子

食べちゃいたい

ねぎ

佐竹さまの奥様は、五百万円以上だろうと噂された絞りのお召し物でした。帯は何だか私にはわかりませんでしたが、一センチ位のダイヤモンドの指輪をなさっていました。河村さまのお嬢様は、パリに二度仮縫いに行かれたとかのシャネルのスーツでした。胸に、エリザベス・テーラーが手放したと言われたエメラルドのブローチをつけていらっしゃいました。

女の人が興奮なさるのは、比べるものがあるところでなくてはいけません。皆様ご満足だったと思います。

その時、あのねぎが入って来たのです。目の覚めるような緑の足をすっすっと動かして、上半身は真っ白でつやつや光っていました。透明な白い肌に、それは繊細な白い筋が通って、真っ白な髪でした。「おう」と殿方がいっせいにねぎに見とれました。河村さまのお嬢様がねぎを自宅に招いて、皆様に納豆ごはんを振る舞われたそうです。ねぎを刻んだのは佐竹さまの奥様で、刻みながら、「裸で来るなんて卑怯よ」とおっしゃいました。

れんこん

　彼女はシルバーミンクのロングコートを着てレストランに現れた。彼は、自分の顔がコピー用紙のように白く薄っぺらになって行くような気がした。「それ、どうしたんだ」「買ったの」「どうやって」「あらカードよ」預金はとっくに赤字だった。コートを脱ぐと思いっきり胸をひろげた首に、ダイヤモンドのチョーカーが天の川のように走っていた。「せっかくの結婚記念日、そんな顔しないで」天の川の真ん中の大きな星が光るように彼女は笑った。「それから、みちよは妹の光子にあげて来たわ。あんなに子供を欲しがっていたんだもの。今夜からゆっくり出来るのよ」

彼女が親友の山田と寝て来た日、彼は思いっきり彼女の横つらをひっぱたいて、「他の男とは違う、それはモラルの問題だ」とカニがあぶくを出すような声を出した。「何？　モラルって」と彼女がきょとんとしていた事もあった。それから、それから……。

その夜、彼は彼女を真っ二つに切った。真っ白な切り口に無数の穴が足の先から頭の先まで走っていた。こんなに空っぽの穴があいていたのか。彼は彼女を薄く切って、酢ばすときんぴらにして食った。子供の時から、彼はれんこんが何より好物だった。母親に「どうしてそんなに好きなの」と聞かれて、「穴があるんだもん」と答えたのだ。この穴のせいだったんだ。かわいそうに。

彼は酢ばすを残らず食って、「俺は根っからのれんこん好きだったんだ」としみじみ思った。

だいこん

神様はずいぶんと長いお昼寝から目を覚まされると、目の前に手のもげたミロのヴィーナスが立っているのをご覧になりました。神様は気の毒に思い、ミロのヴィーナスに手をおつけになり、腰のあたりの肉を削いで、唇のかたちをもう少しくっきりさせたり、鼻と額の間の骨をくぼませたりなさいました。そして「好きなことをなさい」とおっしゃると又お昼寝をなさいました。

ヴィーナスは女優になりました。根の真面目なヴィーナスはどんなに上手に情熱をこめて演技をしても人々は、「きれいだねー、こ

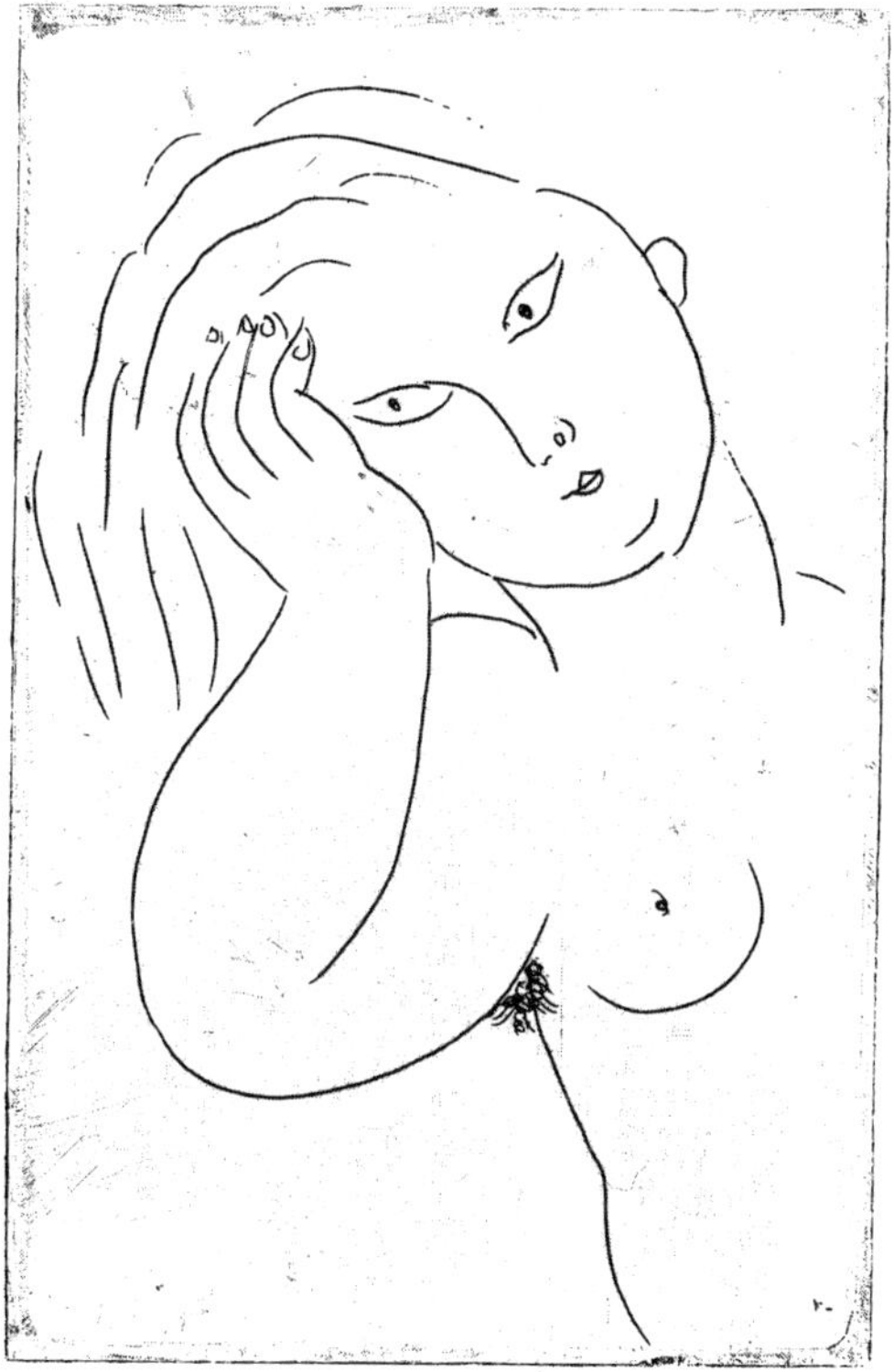

んなきれいな人と寝るなんて考えられない」と溜め息をつき、ヴィーナスは、「美しさが才能を隠すんだわ」と嘆きました。

「女優になんかなるからいけないのよ」ある日、つやつやと光った真っ白な大根が来て言いました。「私、個性がないし、人格もないの。どこを切っても同じなの。だから大根おろしにもなるし、おでんにもなるし、みそ汁の実にもなるわ。誰も寝たいなんて言わないけどね」

ヴィーナスは大根のつやつやした真っ白な肌が自分と同じだと思い、お昼寝をしている神様をおこして、両腕をもいでもらい、でっぱっているところを全部削いでもらい、大根になって幸せな一生を終わりました。

山芋

　オックステールの煮込みは、茶色いソースの中にどっぷり浸かっていた。男は不器用にナイフとフォークを使って、肉のかたまりをギシギシと切った。肉を口に運ぶ。茶色いソースが唇からはみ出た。男はそれを手の甲でぬぐい、急いでナフキンで手の甲をふいた。

　あーあーあー、私は行儀のことを言っているんじゃないわ。あーあーあー、私は知らないわ。それから、それから……。男はエレベーターの中で私を壁に押しつけ、私の唇にむしゃぶりついて来た。あーあーあー、知らないから。私は男が洗練されていないと言っているんじゃないわ。私のだ液と男のだ液がまざる。舌を私の唇の上に唇の下に大急ぎで這い回らせたあと、男は私の頭を自分の首すじに押しつけた。知らないわ。私はベロリと舌で男の首を舐めてやった。エレベーターが止まった。

男は急いで手の甲で自分の唇をぬぐった。あー、あー、あー。ホテルの廊下で男は手の甲をがりがり引っかいた。鍵を回しながら首を引っかき始めた。「かゆい、かゆい」と男は言いながら、背広を脱いで、ネクタイを外した。寝るどころじゃないわね。

私のこと、とろろ芋だと知らないで。

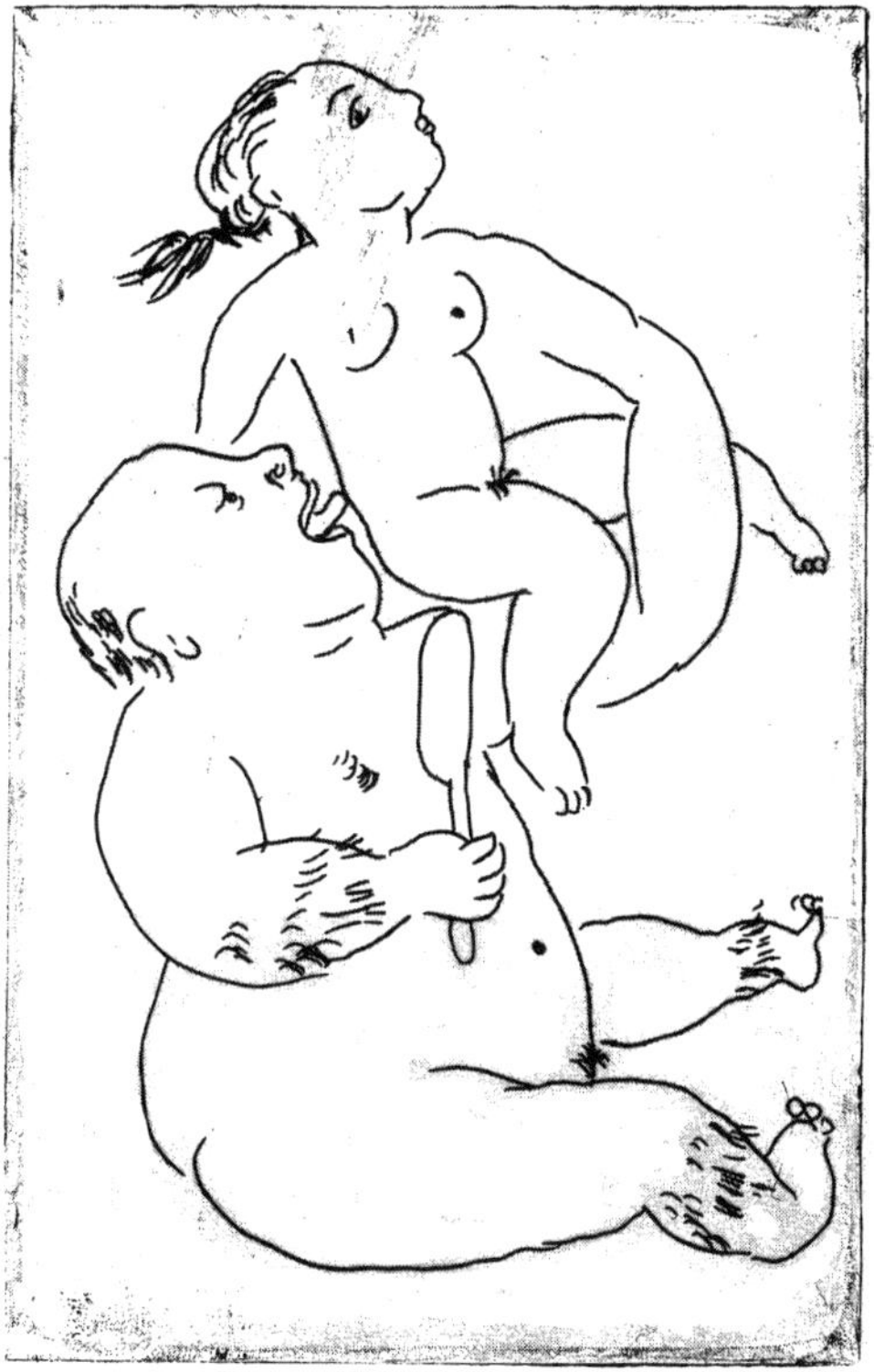

じゃがいも

「どこが、そんなにいいいんだい」と本人に訊かれて私は、「ぜんぶ」といつも答えていた。目なんかようじで突ついた穴みたい。口も顔の中にめり込んでいる穴みたい。おまけに、口の両側にちょこちょこってえくぼまであって、あとは肉がもりもり盛り上がっている。

本当は私、これなら他の女が手なんか出さなくて安心だと思ったのだ。とても性格がよかった。二十代から同世代の女の子に「おじさん」なんて言われていて。泥っぽい風貌の中身をおしはかる知恵もカンもない女達。馬鹿ね、私、絶対離すもんですか。

「ゆずって欲しいの」とそのスウェーデンの大女は、けむったような淡い灰色の目で家の台所に入って来た。「肉じゃがだけが彼の才能ではない、バターとクリームとアンチョビで煮たことある？　ほら」と女は彼を手早くスライスして、オーブンの中に入れた。「二百度、三十分」

四十分後、スウェーデン女と私は向き合って、「ヤンソンの誘惑」というじゃがいも料理を食べていた。「こんなにおいしいの知らなかった。ほかの食べ方も知っている？」「もちろん」私達は目と目で笑った。

パセリ

どうして女はあんなに度々ヘアスタイルを変えるのかしら、流行だけじゃないわね。梅原龍三郎の額ぶちのような髪から、突然すりこぎにおみそをつけたようにバッサリ髪の毛を切ったりする。失恋したのよ。自分を舞台の女優かと思っている。世界中が、自分の悲しみに固唾をのんで注目していると思っている。あなたの失恋なんてあなただけの問題よ。甘ったれないで。

私は生れた時からヘアスタイルなんか変えたことない。チリチリのカーリーヘアで、遠くから見ても髪のモコモコだけしか見えないって悪口言われたって平気。私特定の誰かだけに愛されたいなんて考えたことない。全ての人に私を与えられる。私のチリチリしたどっさりある髪の毛に顔をうずめた、たくさんのたくさんの男達。男達は私の髪の毛を根元から折って、大切に持って帰る、女房のお土産に。

女房達は私の髪の毛を、まな板の上で執念深く叩き潰して、あらゆる料理に振りかける。本当の愛って、私の髪の毛のようにあまねく世界にゆきわたるものよ。

パセリの入っていない料理、間が抜けている。

キャベツ

ね、いい子だから本当のことを言うのよ、ガサガサボキ。僕じゃないもん。だから母さんにだけ言ってちょうだい、ガサガサボキ。痛いよ。ゴロンゴロン。あなた逃げるつもり？　こら、ガサガサボキ。逃がすものですか、ガサガサボキ。僕じゃない。

ね、ここへ来て座りなさい、どうして本当のことが言えないの、ガサガサボキ。自分でよく考えたらわかるでしょ、自分のことなんだから、カサコソポキ。痛いよ。泣いてもだめ、泣いてごまかすのは卑怯よ、母さんは本当のことを知りたいだけ、カサコソポキ。で

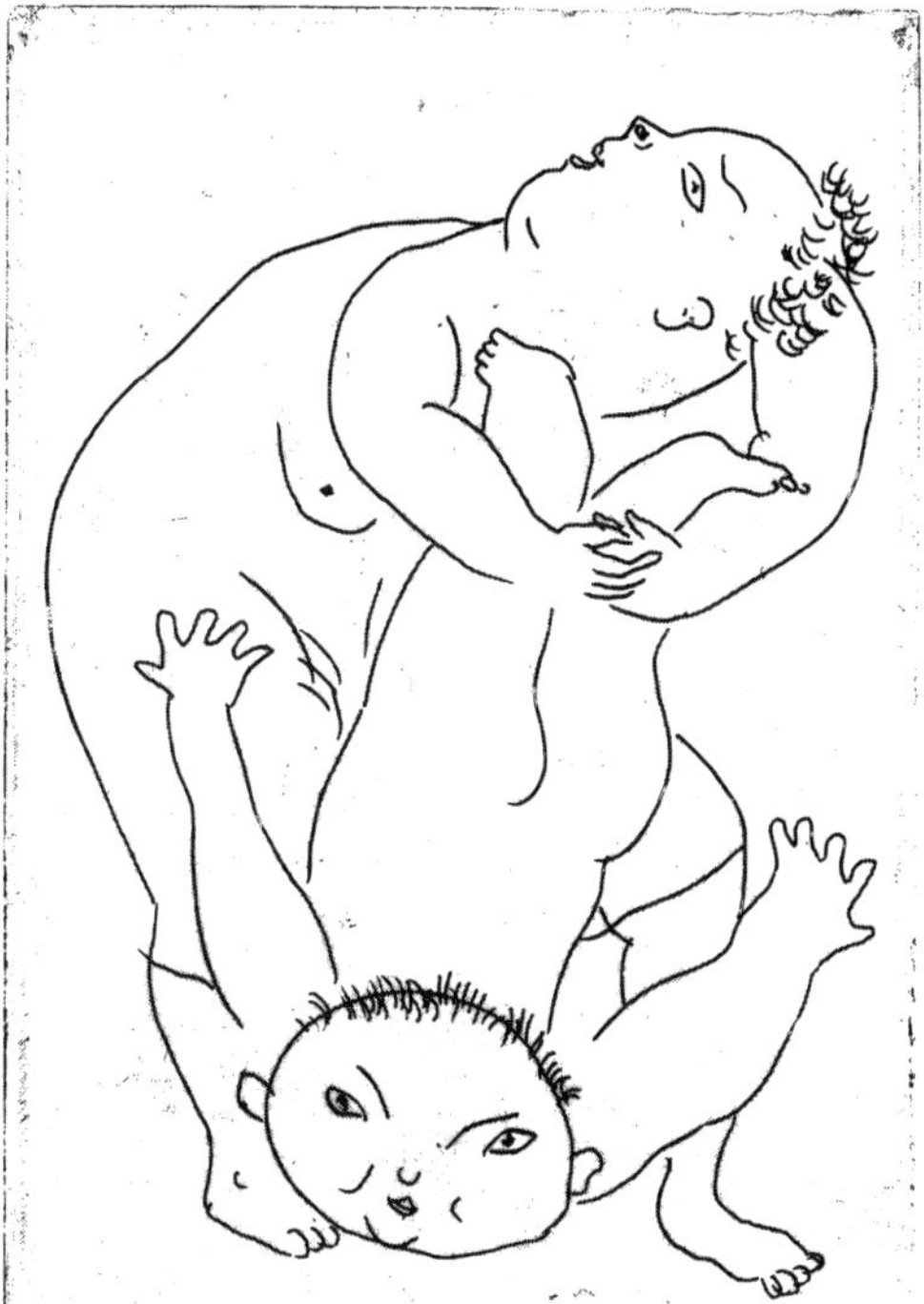

も僕知らない。カサコソポキ。自分で調べればいいじゃないか、どんどん全部調べろよ。メリメリピキ。だから母さんこうやって、純一どうしたの、ね、返事して、返事しなさい……。

わかっただろ僕じゃないだろ。

純一……。純一……。

馬鹿な女、自分の息子信用出来ないで、自分の息子で出来てるロールキャベツ食ってら、うまそうに。

八つ頭

子も親もデパートで売ることにした。親は毛布を持って、売り出しの前の日からデパートの前に血相を変えて集まった。ドラクエⅢの売り出しを超える熱気である。開店と同時に親はデパートになだれ込んだ。親はわが子をめざして突進した。どんなうすら馬鹿の男の子も、どんなどぶすの娘も、あっという間に、実の親がしっかりと買い占めた。

八つ頭などはやせ細った自分の腹に十二人のわが子をしっかり巻きつけて、のっしのっしと満足気にデパートを出て行った。一日で片がついた。

一週間たって、親を売る日になった。八つ頭は胸を高鳴らしてガラスケースの中で待っていた。十二人の八つ頭の子供は、ぞろぞろやって来て、「兄さん買ってやりなさいよ」「なんで俺だよ、お前がいちばん可愛がられていただろ」と言い争って、ガラスケースを通り過ぎ、特撰売り場ブランド物の親をじっと見たが手が出なかった。全ての親は不要だったのだ。

八つ頭の親の親は天国で「おーおーおーかわいそうに」と泣いた。「私が買うからね、待ってなさい。もうすぐここに来なさいね」と神様のところにおねがいに走った。

にんじん

うちのばあさんですか。初めて会った時のことだけは忘れませんなあ。公園の芝生で寝っころがっていましたらね、白いボールがころがって来ましてね、それを追っかけて来たのが目も覚めるようなオレンジ色の服着た女の子で、いや可愛かったなあ。恥ずかしそうに笑ったんですよ。いつも恥ずかしそうに真っ赤になって笑うんですよ。

友達には、今で言うブリッ子ですか、くさいって言うんですか、それであまり評判が良くなかったですなあ。中身は、恥ずかしそう

に赤くなるような純情な女じゃない、見せかけだって思ったらしい。可愛らしいんだけど、まあ派手で目立つし、甘ったるい感じでしたね。時々は、体中で桜の花の形になって来たりしましたからね。

しかし、あれは中身までまったく同じで、心底恥ずかしがり屋でしたよ。まあ私が甘やかしましたから、独立心というのは育ちませんでね。一人では何も出来ませんわ。

このごろは味が出て来ました。どこにいても、そのへんがちょっと明るくなるんですな。細く身を削る一方ですがね、まぜずしによし、おからに入れてもよし、ひじきにも欠かせませんですわ。頭の毛なんか、刻んでつくだ煮にするとおつなもんですよ。

ごぼう

医者が分娩室から青い顔をして出て来た時、父は一瞬にして覚悟が体中にみなぎったそうである。「やはり地球は汚染され続けたのです」と、医者は人類を代表して父に頭を下げた。私は人さし指ほどの大きさで、母の産道をごぼうのまま通って来て、それでも元気にギーと泣いたのである。私はごぼうであるほか、なんの不自由もなく育った。

ただ風呂に入れなかったので、水の代わりに泥をなすりつけられた。父は日本中でいちばんごぼうに適した泥を、一年分としてトラックいっぱいを正月に注文して庭に盛り上げた。私は女の子だったけど、パンツもレースの洋服も着たことなく、朝、学校に行く時、母は丁寧に全身にパフで、泥の粉をはたきつけてくれた。私は数学も運動も裸ん坊のままトップの成績だった。子供達が「ヤイゴボウ」と言うのも初めの一回だけで、あとは仲良く遊んだ。

思春期になっても胸が盛り上がることはなかった。

大学に入って恋人が出来た。コンニャクだった。初めてキスしたあと彼は、医者が「地球が汚染され過ぎた」と、やはり人類を代表して頭を下げたと告白し、私たちはキャッキャッと笑ってもう一度キスをした。

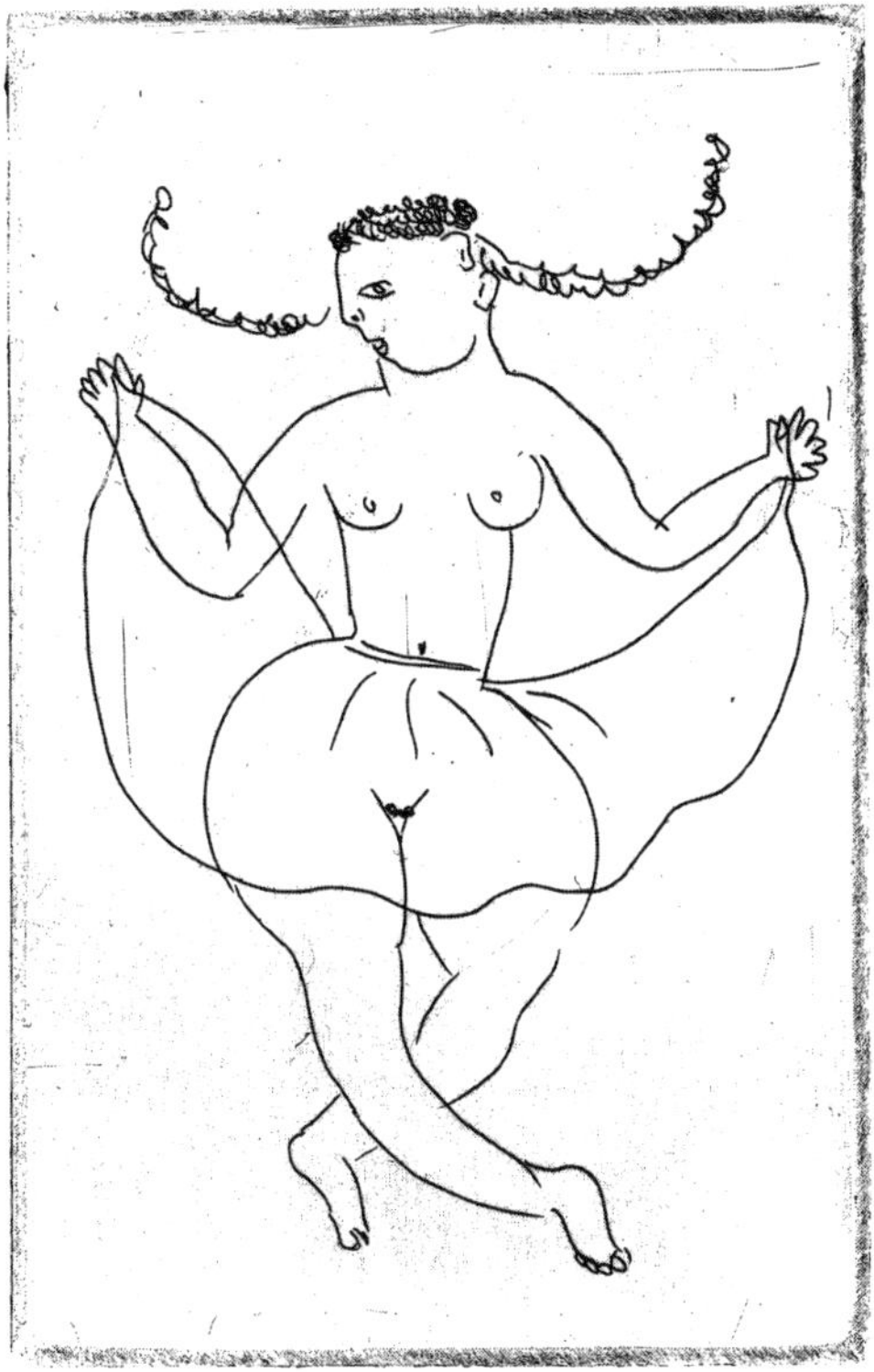

ピーマン

だって、私が知りはじめた時からあの人あの通りよ。どぎつい安物のピカピカ光るグリーンの洋服着てさ。いちばん嫌なのが肩パットを二つも重ねて、首がパットの中に埋まっちゃっているの。顔が見えないからパットやめた方がいいのにってみんな言うんだけど、あのガラガラ声で、「私の場合はね、いいのガッハハハ」って笑ってさ。

突然緑色のゴリラみたいに飛び込んで来て一人でしゃべり狂って、その場の空気なんて全然感じたりしないのよ。何か青くさい変な匂

いまでするのよね。みんな諦め切ってシラーッとして、誰もあの人の友達だって人に思われたくないのね。

あの緑色のゴリラが入って来ると、人が百人集まっていても全体が下品にコロッと変わってしまうの。男が出来ないの仕方ないんじゃないの。悪気が無いのがいちばんの悪気だったわね。

かおりさんが、「もう我慢出来ない、静かにさせてやる」って包丁でパサッと二つ切りにした時は驚いたわね。中がカラッポで、白い種がパラパラって散っただけ。

「刻んでチャーハンに入れる位しかないわね」ってチャーハンに入れたんだけど、かおりさんはスプーンでピーマンだけよけて食べてた。

かぼちゃ

ピカソ展は大混雑だった。私の前に赤ん坊を抱いた女が四、五歳の男の子の手を引いて馬鹿に熱心に絵を見ていた。赤ん坊はそっくり返ってキーキー泣きっ放し、男の子はぴょんぴょん飛びあがりながら「ねえねえなんで、鼻の下に目があるの、怪獣だあ」とわめき散らし、そのカン高い赤ん坊の泣き声と共に会場にひびき反響した。

人々は遠くで、近くで、女をにらみつけた。私は人々のいら立ちを体中で吸い取った。私自身の怒りも。会場を出た時、またウエストがひとまわりぎゅうっとせり出した。

外へ出ると建物の前の植込みのピンクのバラがいっせいに背のびをして、咲きかけのつぼみを突き立て、その上にトルコの王様の青い衣装のような空がひろがっていた。バラの向こうで若い男と女が抱き合って、そのまま彫刻になるつもりらしかった。

世界はなんと美しいのだろう。私は全てを吸い込んだ。ピカソも今朝のモーツァルトも。ウエストがまたせり出した。私は中身ばかりになってしまった。

帰ると夫は私をまき割りで真っ二つに割って、しょう油と砂糖で煮た。「お前はまったく無器量の上に無口な奴だったなあ」夫はこの世の苦しみと喜びをじっくり味わい、私の人生も食い尽した。

ブロッコリー

「ね、いいだろ」

「いや」

私は高い襟の胸元をかき合わせた。本当は二十年も、そう生れた時から待っていたのだ。でも誰も私を誘ったりしないことわかっていた。ずんぐりむっくりして、顔から体中くすんだ粉をふいたような暗い色をしていることは、小さい時から知っていた。母は、私のもじゃもじゃの髪の毛に赤いリボンをつけて、「ほら、かわいいじゃない」と言って私を見て、ふーっと溜め息をついていたのだ。かわいそうな母さん。

男は、私をホテルの部屋に連れて行くと風呂にお湯を入れた。そして私をベッドに腰かけさせ、高い襟のワンピースのボタンを外して素裸にすると、私を抱き上げてバスルームに行った。バスルームはまるで深い霧が立ち籠めているような湯気でむっとした。そして熱湯でいっぱいの湯ぶねに私を放り込んだ。

「何するの、やけどして死ぬわ」男は、私の頭を両手で押さえつけて、湯ぶねの中に押し込んだのだ。「死ぬもんか」男は私を熱湯から引き上げると抱きおこし、タオルでバスルームの曇った鏡をふいた。「見てごらん。こんなきれいな色の女の子ほかにいるかい」

透き通るようなあざやかな緑色の私がいた。「悪い奴」私はうっとりして男に抱きしめられ、男は立ったまま、私の手を食べ、頭を食べ、肩に食いつきながら「俺がブロッコリーに目がないの知っていた？」と言った。

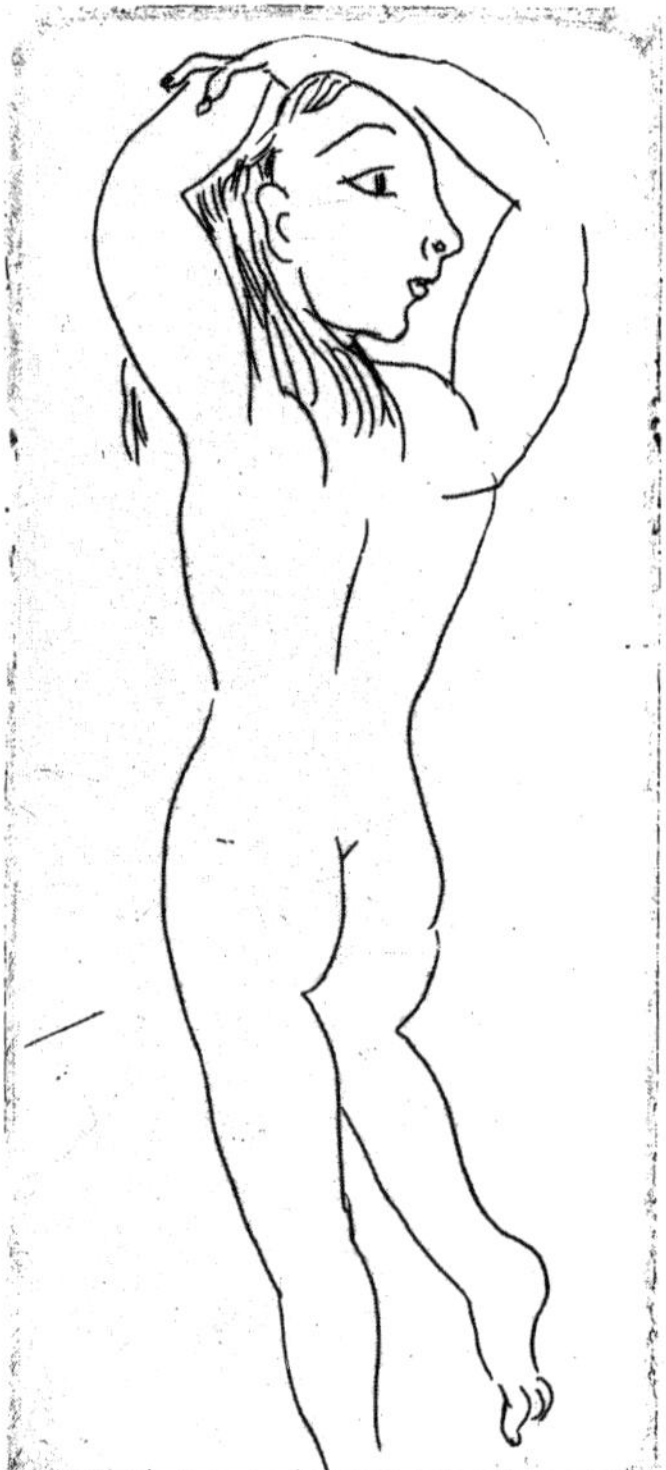

トマト

俺もう、最初っからあいつのことむちゃくちゃ好きだったわけよ。はっきり言って外見に惚れた。かわいいの。うすーい皮膚でよ、そうっとさわるとつるつるしていてさ。一日中側であいつのこと見ていたいのよ。男の俺がよ、ほかの奴に取られるかと思うと結婚しかないだろ。で、結婚したわけよ。

これで安心と思うだろ。それが違うんだな、結婚したらもっと心配になっちゃうんだな。仕事していてもなんだか落ち着かなくて、一日に何度も電話しちゃうわけよ。電話して声きくとすぐ帰って、あいつにさわりたくなっちゃうんだな。俺はむちゃくちゃ好きな女と一緒になってから、不安の固まりになってしまって、しかも日々エスカレートしてゆく。

ある日あいつを見ていたら幸せで幸せで、だらだら泪が出て来てしまったのよ。俺、泣きながら決心した。別れよう。この不安から解放されたいって思った。別れたら、俺の親友があっという間にさらっていったよ。

俺の親友はあいつにいきなりかぶりついて、口のまわりあいつの汁だらけにしながら、「けっこうすっぱいんだな」なんて言ってさ。それ見ながら、俺しみじみ愛とひきかえに魂の平和を手に入れたと思ったね。

俺の女？　トマト、トマト。

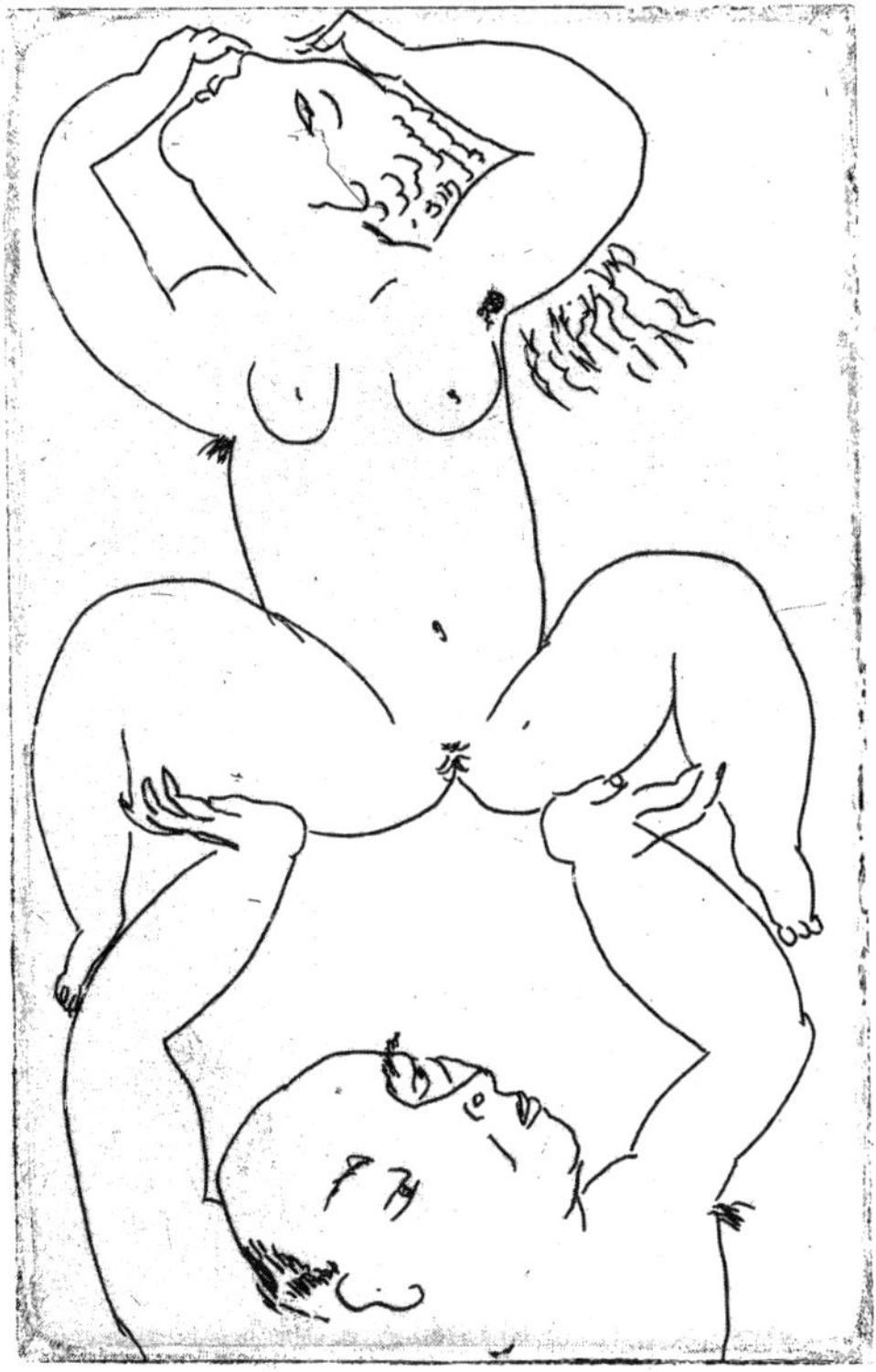

チンゲン菜

腰ってニクヅキにカナメって書くでしょ。いちばんやっぱり大切なところよ。とくに女はね。ふふふ。それに私、腰の上のくびれがバツグンと思わない？　うん、私自分の体とっても気に入ってんだ。あの人、毎朝私の腰に手をあてて、「すごい、まったくこんな腰見たことないぜ」ってものすごく強くこすってくれる。こすった位じゃびくともしないわ。

私、くりくりくりくりって腰を三百六十度回して全部さわらせてあげる。知ってるわ、世間で私のことなんて言ってるか。ものすごく気

が強くて手に負えないって。だって日本の女と比べるからよ。私、祖父の代から日本よ。だから自分じゃ、れっきとした日本人と思っているわよ。

前の奥さん私が追い出したって噂も知ってるわ。それは嘘よ。あの人達最初っから相性が悪かったのよ。言ってみれば間に合わせの夫婦だったのよ。だから前の奥さん、かつおぶしと再婚したでしょ。ほうれん草だったんだもん。うちの夫、豚の三枚肉。そう、しょう油でこってり煮込んである奴だもん。

アスパラガス

私、とても貧乏だった。一年中、同じ三角のスカートをはいていた。やせていたからスルメなんて言われて。でも本当はとてもおしゃれがしたかった。ノートに私の絵を描いて、それにたくさん洋服着せた。私、二十だった。私とってもスタイルがよかった。でも三角のスカートをはいていたから、誰も私のスタイルがいいと思わなかった。誰でも貧乏だった。

息子の恋人は頭を短く刈り上げて、長い脚を絹の短いパンツからニューッと真っすぐにのばして、白い透けるボイルのシャツの前、少しはだけて、金色の耳輪動かして、息子に寄り添ってすっくと立って笑っている。私、そういう洋服着たかったの。あの子いつだってなんでもないように私が夢見た様子をしている。

海から帰って来たあの子に声をかける。

「熱いシャワー浴びたら」

私は優しい母さん。新鮮な卵を割ってボールをかき回している。あの子、熱いシャワー浴びて染め上げたようなエメラルドグリーンになっていた。

「さあ一郎、マヨネーズが出来たわ。アスパラガス食べましょう」

きゅうり

「あの人このごろ年とって丸くなったわね」これ、二重の悪意よ。もうあの人、突っかかって来る勢いもなくて、気弱く笑っているだけだもの。

十五年前、十八歳のあの人が教室に初めて入って来た時、平凡な若い女の子かと思っちゃった。でもなかなかのものだったわ。自己紹介するクラスメートにいちいちとげのある短い感想を言うの。「近眼の山田です。私が近寄り過ぎても誤解しないでください。眼のせいですから」って直子が言ったら、「でも視野は広いわね」っ

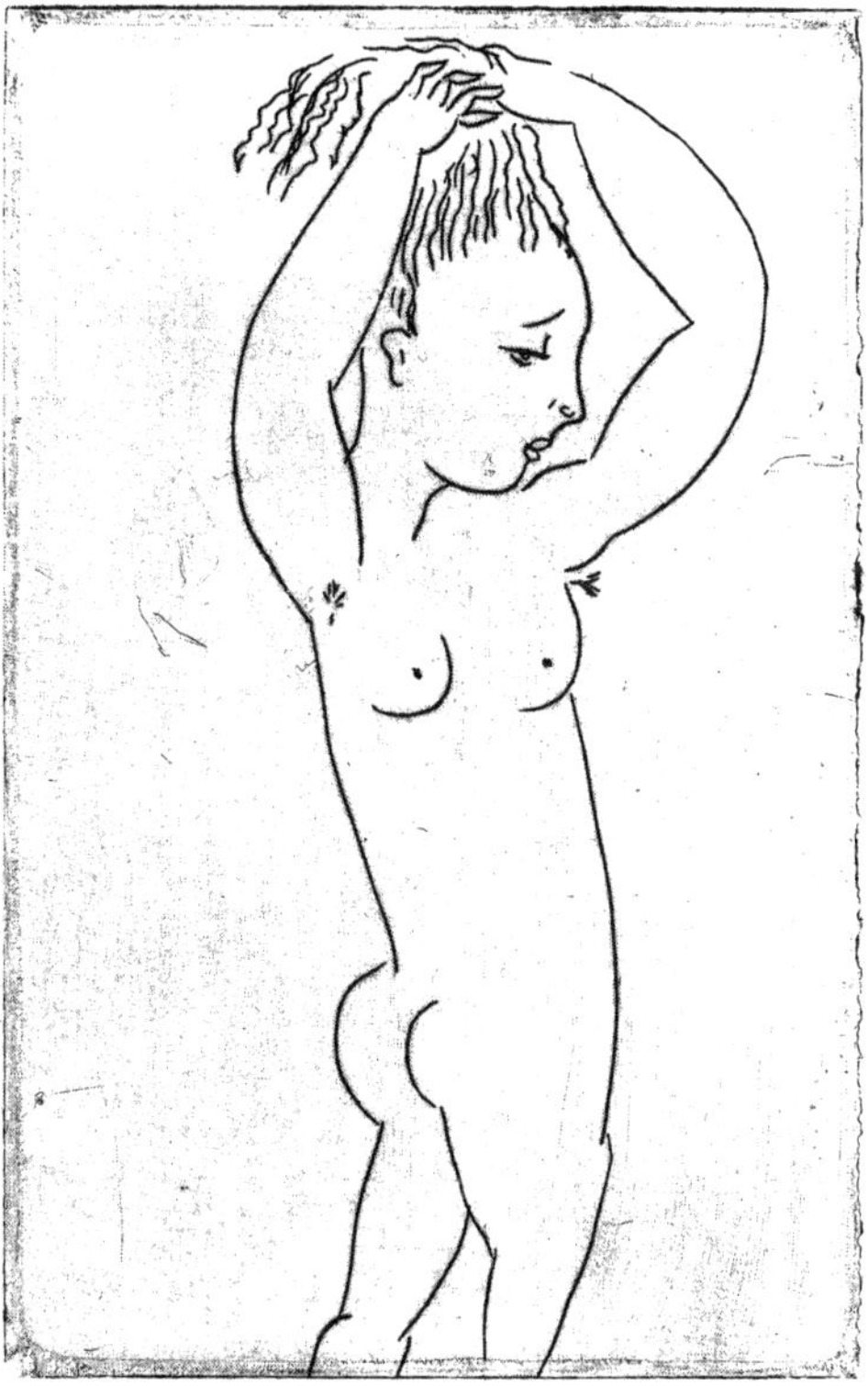

て。出目金のことだと気がつくまで少し時間がかかったわ。

　青くさくて新鮮だったのね。男の子が毎日入れかわり立ちかわり食事に誘っていたわ。食事に誘うと塩でゴシゴシ揉みたくなっちゃうんだって。それでスパッとたて割りにすると、さあーっと何とも言えない青くさい、いい匂いがしたって。

　とげとげ取っちゃうと、くせがなくて飽きの来ない味ですっきりするって。こりこりした歯ごたえもよかったって。

　とげとげのないきゅうりなんか、誰もたて割りにも横割りにもしたくないわね。根に何にもない人なんだもの。

玉葱

「あなた、すぐ胸はだけるのやめたら。この間なんか腰まで脱いでいるんだから」

「だって私、首から胸、緑色の静脈が白くてつやつやの肌に透けるのがいいってみんな言うんだもの」

「そんな薄い洋服、わざと破ってくださいって言っているようなもんじゃない」

「だって私がはだけなくても、男がすぐ脱がしてしまうから同じよ」

「男ってどの男よ」

「全部言うの？　言っとくけど、私が自分から誘惑したわけじゃないわ。男がどうしても私が必要だって思っているんだもの」

「あーそう、だったら言ってごらんなさいよ。どの男とどの男よ」

「ベーコン、ハム、ソーセージ、豚のロース、牛の頭からしっぽまで全部。合挽き、あーこの間なんかタルタルステーキ用の生肉まで。レバーだって、私がいなくっちゃレバーペーストに甘味が出ないって。まだ言うの？　鳥まで言えばいいの？　七面鳥からつぐみまで言えば気が済む？　つぐみのローストがお腹に私を詰め込みたいって。それから」

「もういいわよ」

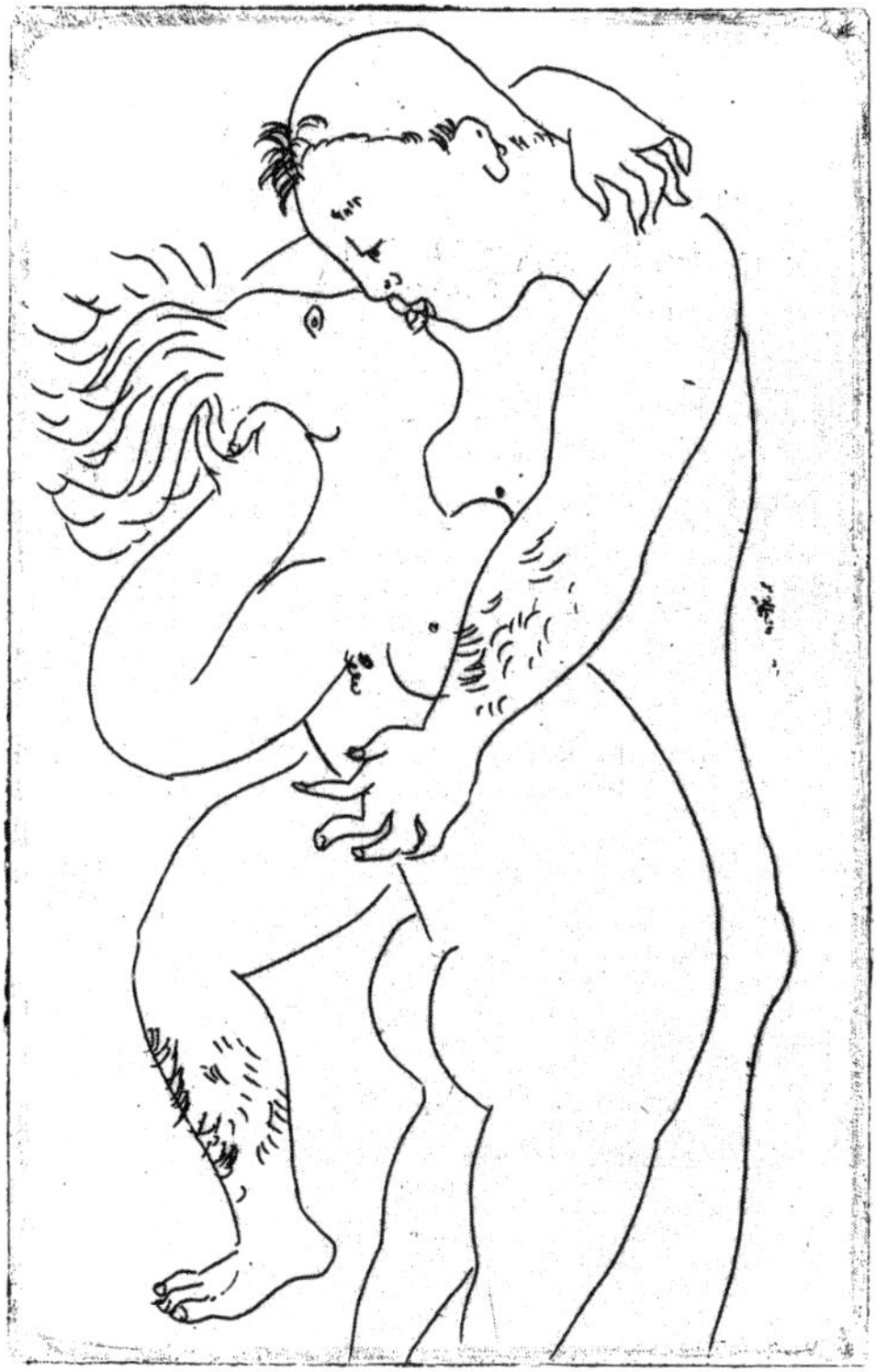

さつまいも

はい。私は田舎者ですので今様なハイカラなことには、とんと疎いのでございます。お嬢様方や都会の奥様方のように軽々とスマートって言うんですか、そういうことは苦手でございますが、私は私なりに精一杯努めてまいりました。もったりしていて融通がきかないと主人に言われどおしで、正直のところ見た目が悪いということでしょう。

でも主人が、「糟糠の妻って恩着せがましい顔するな」と申すのはあんまりです。主人は私を見るたびに、自分が飢えて貧しかった

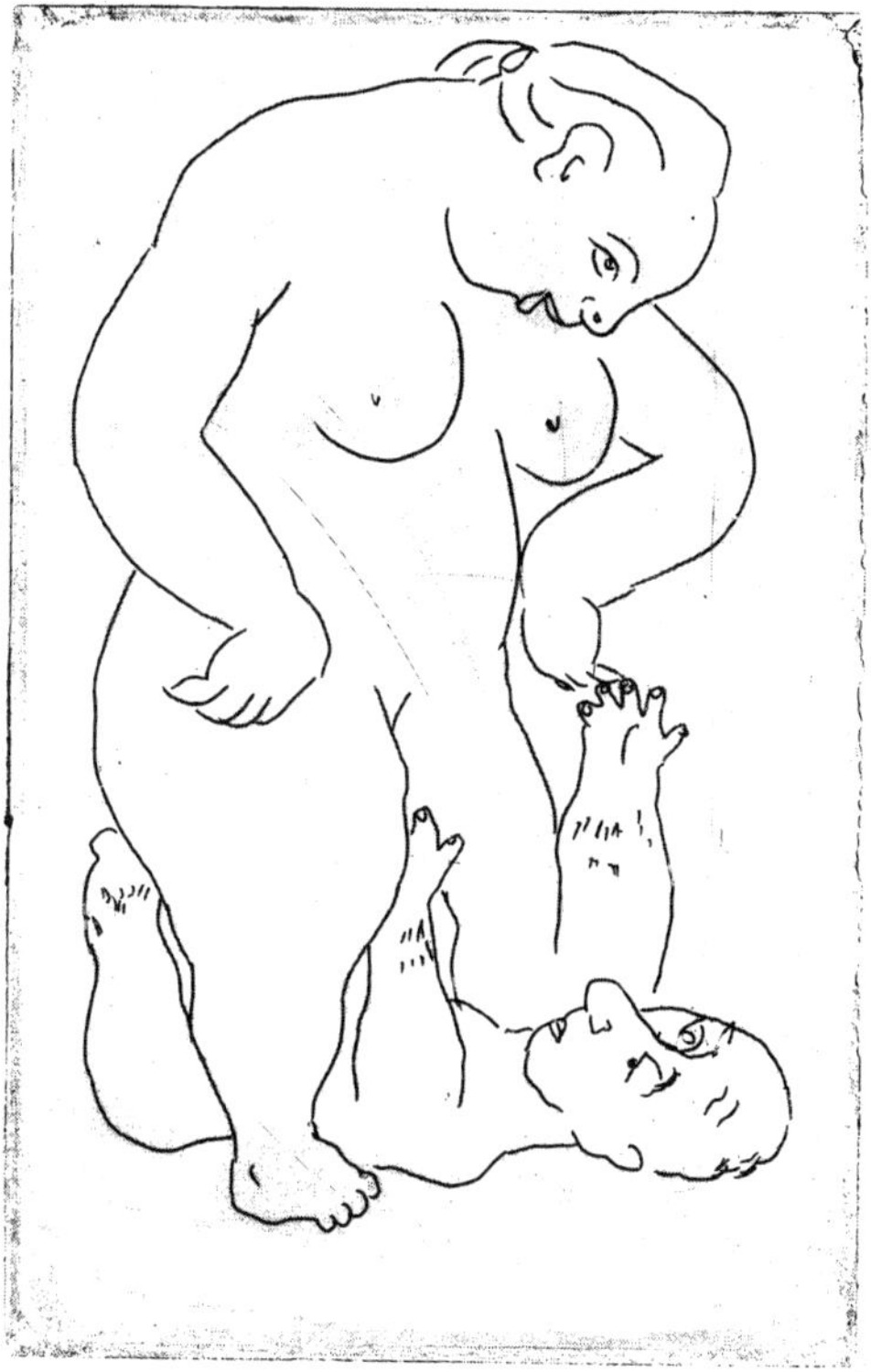

ことを思い出してしまうのです。

ツーバイフォーのスウェーデン方式の家が建った時、実家へ帰らされました。ハイカラな家に私が似合わないんだと思います。あの昔、体は蒸されたり、焼かれたり、粉にされたり、果てはつるから手の先の葉っぱまで食べてくれたのです。

赤紫の薄い皮で黄色い湯気の立つ私を二つに割って、目をぎらつかせて一人でこっそり私を食べた主人はどこへ行ったのでしょう。まだ少年だったあの人に食欲も性欲も区別はなかったのです。日本人って恩知らずでございます。

レタス

あの子ほんとうに便利な子だった。とてもくせがなくて姿がよい。「どうなんだよ、俺について来れば幸せにしてやるぜ」って大田が言った時、ゆかは言われた本人なのに、何か勘違いしているんだよねと大笑いしてあの子とわざとデートした。あの子は、全然邪魔にならないデート相手だったのだ。そのくせゆかは大田と一緒になった。

私はゆずるにすっぽかされた時、せっかく新しい白いワンピース着て来たから、帰りたくなくてあの子を呼んだ。あの子はさらさら笑って私の前に座って、「うれしいな」と言った。「あなた誰とでもデートするのね」と私は意地悪い気持になった。「いけない？」

　真夏の光があの子の首すじにあたっていた。私は切なくなって「ホテル行こうか」と言った。「僕だけで？」

　何もつけないであの子をむしって私は食べた。口の中が初夏の風が吹くように青くさくて、さわやかだった。「あなた食べると血がきれいになりそう」

　私は一枚ずつパリパリ剝がして食べた。「うれしいな」あの子はもう聞こえない位の声で言った。

　あの子を食べ終わった時、私は脂と血が混ざったステーキが食べたくなっていた。

えだまめ

私小さい時、学校で泣いてばかりいた。でも家へ帰ると、母さんや父さんがわかると心配するから、泣いたことばれないようにしていた。だって父さんも母さんも、私と同じだったんだもの。

私、学校で猿とか毛虫とか言われてた。毛深いから。私だけ毛深かったから。

私がいつかお風呂で、自分の毛むしり取ろうとしたら、父さんが、「もしもお前がほかの子供のようにつるつるだったら、お前は父さんの子でもなければ母さんの子でもないんだよ」と言った。

母さんは、「大人になって、たくさん子供が出来るのよ。ほかの人には信じられない位。それまで自分を大切にしなくっちゃ」と言った。

私、十五の時はもうすっかりグレちゃっていた。あの男の人が私を食べた。私のふくらみかけた体を指で強く押したのだ。私、自分でびっくりした。だって信じられない位、きれいで光った私の体が真っ青になって飛び出して行ったのだ。

あの男の人の舌と歯の間で、男の人の喉を通りながら、私もう子供を産めないんだ、母さん悲しむなあと思いながら溶けて行った。

ズッキーニ

父も母も日本に住んでいるけど外人なんだ。だから僕もガイジンだ。僕は見たことも行ったこともない父さんと母さんの国のこと聞くの好きだった。僕、日本語しかわからない。「空の色も空気も違うわ。ここは少し、私たちには湿っぽ過ぎるわ。それに日本人はさっぱりしたものが好きだしね。でも、だんだん日本も変わって来るわ」

僕達が街に行くと、側に寄って来て、さわる奴等がいる。そして小さい声で言う。「これどーするの」父さんは笑っている。

ある時、大きな帽子をかぶった女の人が真っすぐに僕たちに向かって来ると、僕たちをひとまとめにして持って行った。そして僕たちをトントンと輪切りにして、オリーブオイルの中にぶち込んだ。上から玉ねぎや、なすやトマトが降って来た。

ぐちゃぐちゃになりながら、「ラタトゥユだ、私たちは正しい人生を全うしたんだ」父さんは崩れながら言った。可愛いトマトが僕に絡みついて来て言った。「あなたを待っていたの」体中、自分の汁とオリーブオイルにまみれて。

僕は、ぐねぐねになりながら幸せだった。

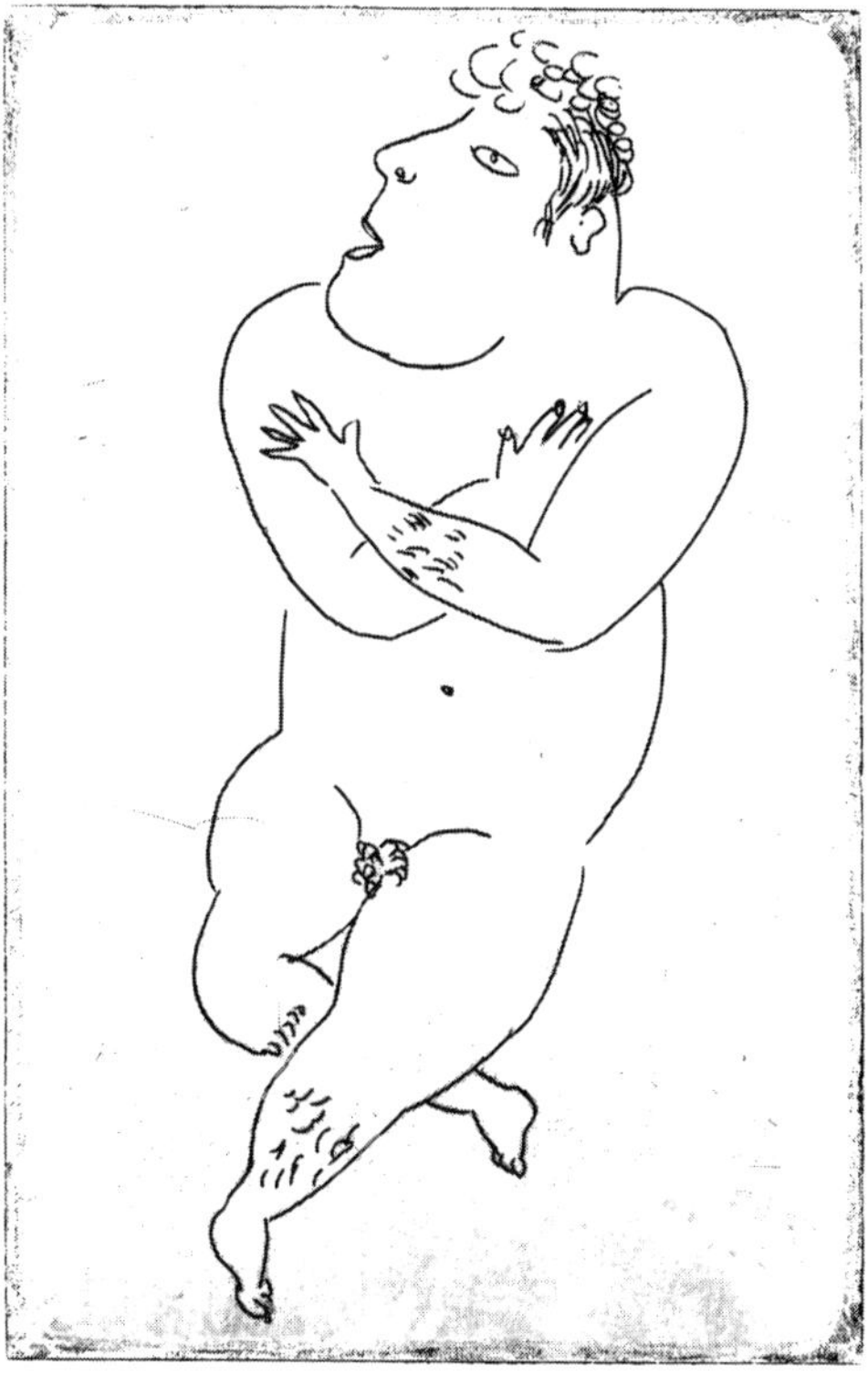

みょうが

「お姉ちゃん、可愛いくてきれいだね。このへんピンクで、そいでもって、すうーっと白くなって。そんでもって、光っている」

このくそがきが。私のふっくらして硬く締っている腰から下をさわっている。生意気に。十年早いんだよ。

「あら、そう」「うん、大きくなったらお嫁にしてあげる」「本当に？」

私は一枚、私を剝がしてやった。私の香りが、むしり取った傷口から匂い立った。

「あっ、くさい、お姉ちゃん、くさい」「ほらね、あんたはまだ子供なの。おとなしく勉強して、大人になって戻ってらっしゃい」

子供は鼻に両手をあてて飛びのいた。「お姉ちゃん、可愛いのにずるい。くさいよ。僕のこと、だました」泣きべそかいてやんの。

夕方になって、母親が私のことを丁寧に、冷たい水で洗った。そして細かく刻んだ。「おっ、冷や奴。こいつがあると最高」父親は私を白い豆腐にかけた。

「一郎、食ってみろよ」「やだ、くさい」「子供には無理よ」

そうよ、子供には無理よ。私は私の香りにまみれて一郎を笑ってやった。

紫蘇

ぼくは知っていた。あの子が誰よりも赤い血を持っていることを。血は生ぐさく、ねばつき、不快である。そしてやがて血は、どす黒く乾く。かつて、ほとばしる鮮血であっても。可哀想なサド公爵。可哀想な切り裂きジャック。彼らはやがて腐る血を求めたのだ。

ぼくは待っていた。静かにただ待っていればよかったのだ。

ぼくは待っていた。ひっそりと片すみで穏やかな春の太陽を浴びて、あの子が全身で赤い血を育てるのを。やがて長い雨が続く。あの子の赤い血は降りそそぐ静かな雨で、かぐわしい香りを産む。

ある日、あの子は全身をもぎ取られて塩で揉まれた。

ついにぼくはあの子の塩でくたくたになったもぎ取られた体の中に飛び込んだ。なんという赤い血。なんというかぐわしい香り。ぼくはあの子の赤い血を体中に染み込ませることが出来た。

ぼくは幸福な梅干し。あの子はかぐわしい血を持った紫蘇の葉。

可哀想なサド公爵。可哀想な切り裂きジャック。

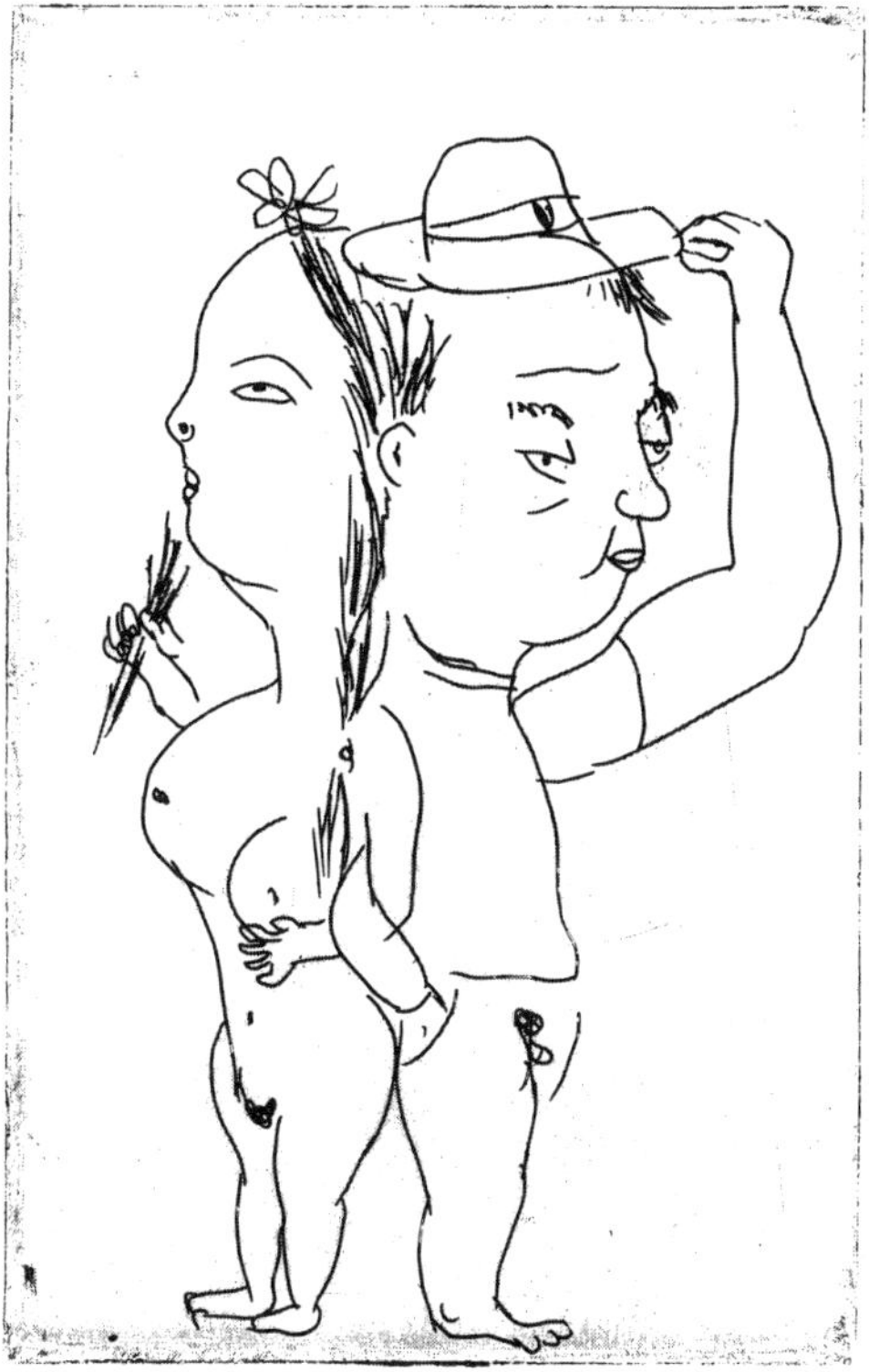

レモン

私のクラス二十五人で、男が二十人で女が五人だった。計算というものが役に立つなら、女一人に男四人が振り当てられて、世の中平和、みんな仲良し、という原則が成り立ってもいいわけだけど、そんなことにはならないのね。二十人の男の子が全部、彼女に集中して彼女を追いかけ回していて、まあ残りの女の子は閑だった。閑で指くわえて観客をしていて、別に口惜しがるでもなくて、当然だわね、彼女なら仕方ないわよって、性質がいいんだか、人が良いんだか。小柄だけど、実に形がよくて、しゃっきり小気味いい人だった。何より側へ行くとツーンとさわやかないい香りがする。二十人の男の子をひき回していたけど、誰ももものに出来なかった。

うちの学校だけじゃなくて、東大のなまっ白い秀才まで侵入して来たけど、東大生は「あの人が優しいのはしつけのせいで、自尊心が高いのも育ちですよ。本当に優しいわけじゃない」って負け犬の遠吠えみたいなこと言ってどこかへ行ってしまった。二十人の男の子も、適当な女の子を見つけたり見つけなかったりして卒業して行った。女の子も、じゃがいもみたいな男の子や、アスパラガスみたいのを見つけて結婚してしまった。

あの人、自分から人を愛するタイプじゃなくて、誰でも不満なんだわと思っていた。

「もう多分会えないと思う。私、恋してしまった。学校楽しかったわ、仲良くしてくれてありがとう」って変な電話かかって来た。

あの人自分を真っ二つに割って、牡蠣に振りかけて、好きな人に食べさせてしまったのだ。フランス男に。十二個も牡蠣つるつる食べたんだって、その男。パリで。

りんご

私はエデンの園でも一等地に立っていました。一日中黄金色の光の粉が降り注ぎ、東風が緩やかに吹いて来る時はライラックの香りが私の体を通り過ぎてゆきました。

私のうしろの斜面には桃の木が立ち、その隣にはマンゴーの木が一年中枝をしならせて、透きとおるようなオレンジ色の実を重そうにつけていました。天国です。バナナと梨の実が一度に実っていても誰もおかしいなどと思わないところです。

アダムとイヴは毎日、素裸のまま手をつないで、立ち止まってはキスをし、それから互いの腰にしっかりと手を回し、イヴはくり色の波打つ髪の毛をゆさゆさ揺すりながら頭をアダムの肩に傾けるのです。

そして二人は産毛でおおわれている桃の実をむしると、するすると皮を剝き、口のまわりを汁だらけにして桃を吸い込むのです。桃の甘い汁が時にはイヴのあごからたらたらと流れ落ちることもあります。アダムは犬のようにピンクの舌をペロペロとせわしなく動かしてイヴの唇を舐め、あごを舐め、そしてそのまま桃の下に二人で倒れ込んで、愛しはじめるのでした。マンゴーを一度に四つも五つも食べることもあります。アダムはイヴの黄色い汁だらけの両手の指を一本ずつ口の中にスッポンスッポンと入れたり出したりしながらイヴの両手をきれいにするのです。しかし二人は決して私を食べようとはしないのです。

ある時アダムが、私に手をのばしたことがあります。「やめなさいよ、ちっともおいしそうじゃないわ。皮が口の中に残りそうじゃない」とイヴが言うとアダムは、「本当だ、色がきれいなだけだ、固いな、まったく」と言って、もう二度と私の側には来なくなりました。

桃やマンゴーのほうがずっとセクシーなんだと思うと、私は口惜しくてなりませんでした。私は神様がお通りになった時、「あの二人に私を食べて欲しいのです。そして私の下でも愛し合って欲しいのです」と申し上げました。神様はお笑いになっただけでした。

「私だってたくさん実をつけているのに、誰の役にもたたないなんて」と私ははらはらと泪をこぼしました。神様は、「天国で、役にたたないものはひとつもないのだ」とおっしゃると静かに遠ざかってゆかれました。そして蛇を一匹私のところにお遣わしになったのです。その蛇さえ、私を食べてはくれませんでした。蛇はいちじくのほうが好きだったからです。くねくねと私によじ登った蛇は、にょろっと私にぶらさがって昼寝をするばかりでした。

ある日、桃の木の下に寝そべりながらイヴは言いました。「ねえアダム、私ここ飽きちゃった。もう何百年同じことをしているの？事件なんか何にも起こらない。何か珍しいことしたい」「いいじゃないかこれで」「あー、飽き飽きしちゃう。ねえ、あのまずそうなりんご食べてみましょうか」「好きにしろよ」イヴは私に近づくと、私を一つもぎ取りました。

そして白い、かたい歯で私にかぶりつきました。「そんなにまずくはないわ。何だかすっきりする味よ」とイヴは食べかけの私をアダムに差し出しました。「ふーん」アダムは残りにかじりつきました。

あー、やっと、やっと食べてくれたわ。

蛇は昼寝をしていて何にも知りませんでした。

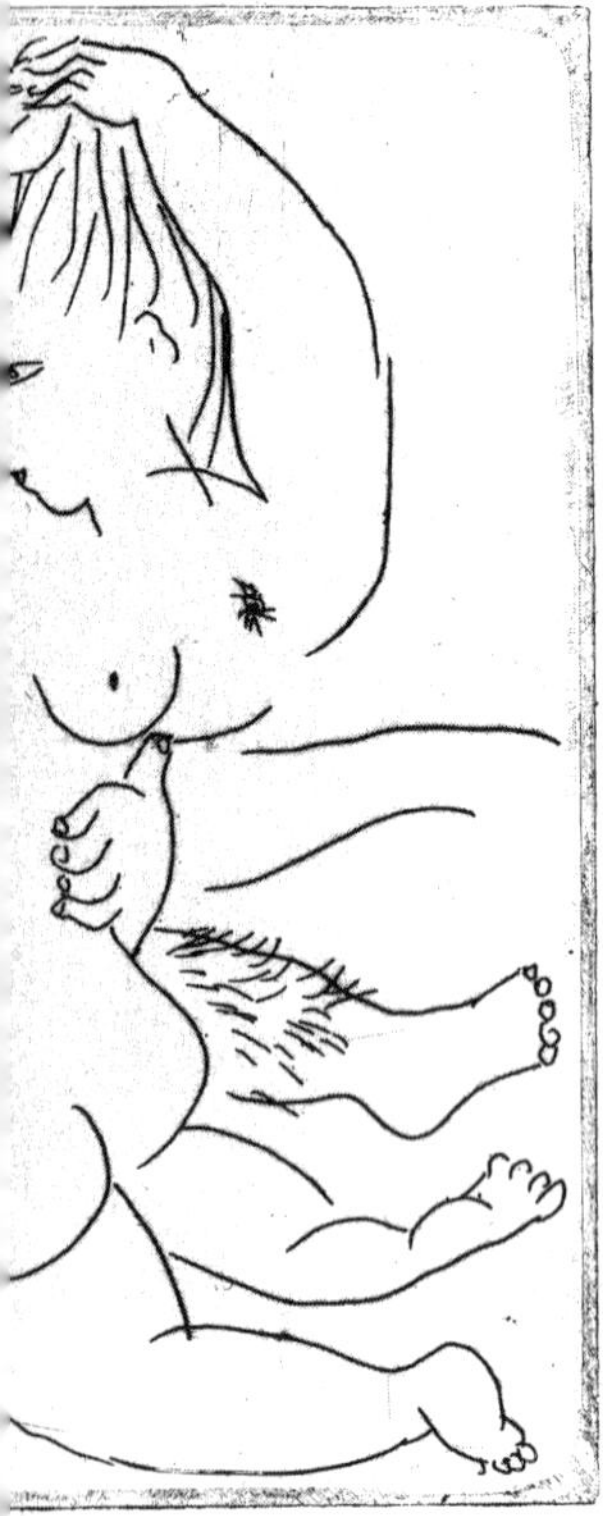

みかん

あの人どうかしていると思う。そりゃあの人の家とてもきれいで、どっこも散らかっていないで、あるべきところにちゃんとあるべきものがあるのは感心するけど、それはあの人の流儀でしょ。私には私の流儀ってものがあるのよ。

うちに来るなり、玄関の靴をせかせか並べ直したりして、「あら、スリッパ四足半しかないけど、片方どこにあるの」なんて寝室に入って来て、ベッドの下まで探すことないと思うの。でもベッドの下からスリッパが片方出て来た時は「ありがとう」なんて、私言っているのよね。

お茶飲もうってお湯沸かしている時、食器棚の引き出しの中のこぼれたヨージを一本一本箱に入れ直しながら、「引き出しの中はちゃんと仕切っておかなくちゃ」って言うの聞きながら、私むっとしてやかんをじっと見ていた。

それでお茶飲んでいたら、あの人真っすぐ私の顔見て、「あのネ、家の中ごちゃごちゃしているの、あなたの頭の中がごちゃごちゃしているからよ。頭の中でちゃんと仕切っておかなきゃ。気がついた時あわてて整理しても駄目よ」「ふーん、あなたの頭の中って見てみたいものだわ」「いいわよ」と言うなりあの人、自分の頭のてっぺんに指突っこんで、頭の皮をベリーッて下に剝き出したの。皮を全部剝いたらね、「ほらね、ちゃんとひとつずつ、きれいに仕切ってあるでしょ」って中身を両手でひろげて一個ずつばらばらにして、「食べてみて」って一個くれた。

半月形で薄い皮の中に、小さい袋がきれいに中心に向かってびっしり並んでいたの。すごくおいしかった。部屋中とってもいい匂いがひろがって、私感心しちゃった。

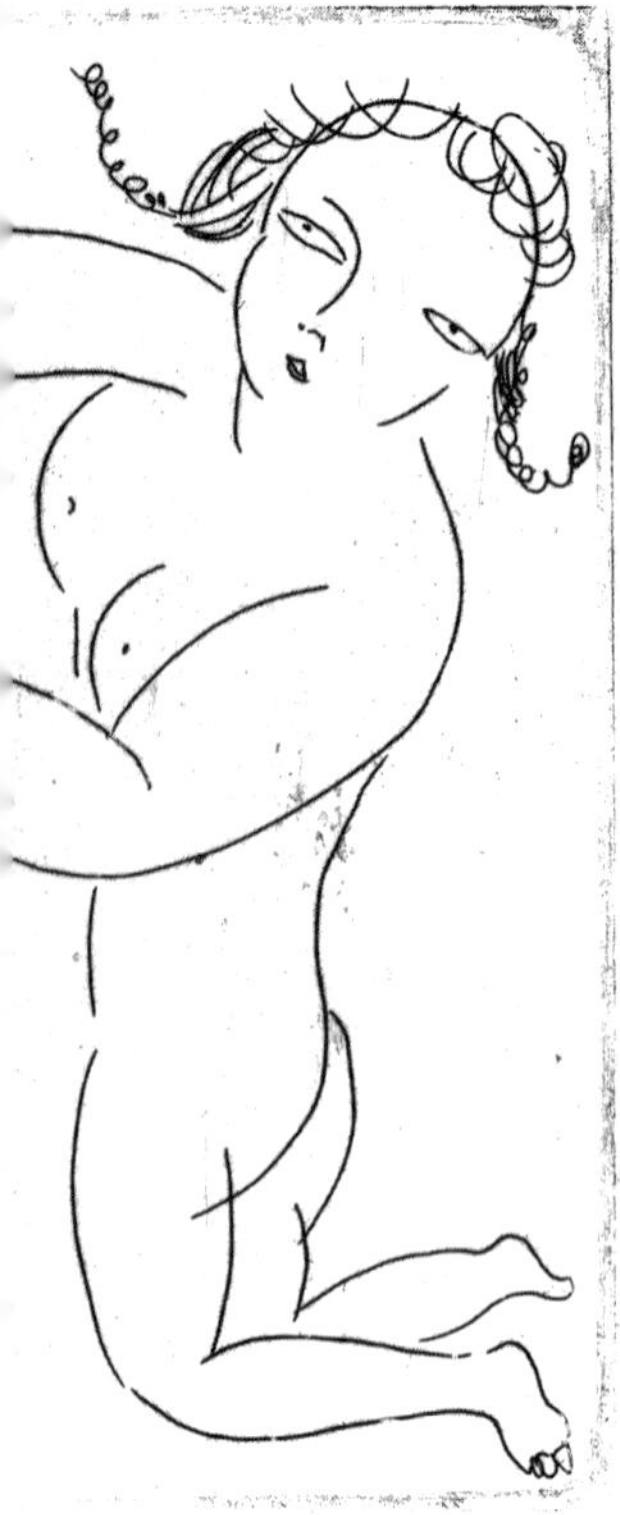

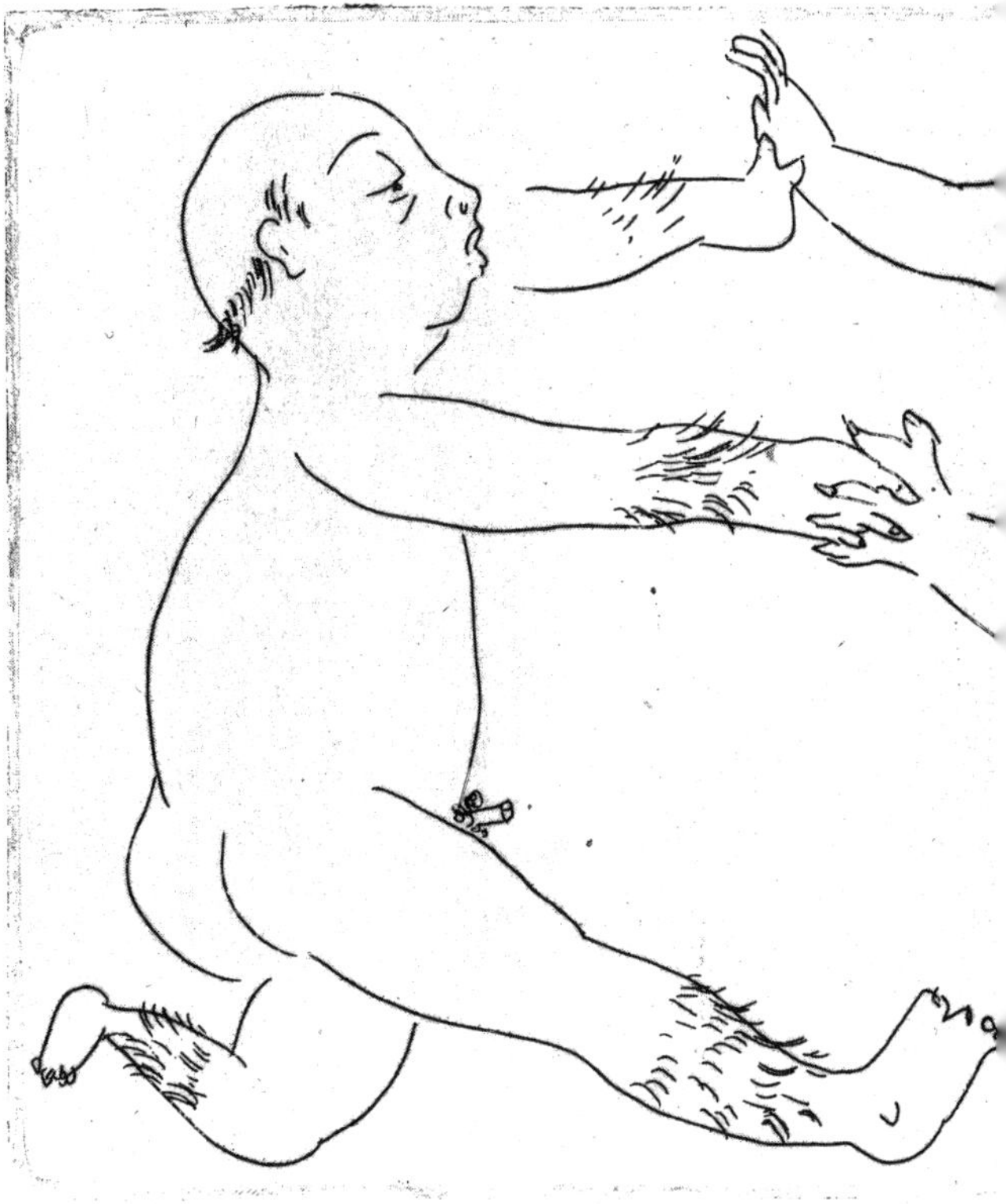

長十郎

私は喫茶店に行くと知らず知らずに耳を澄ましている。

「お前な、人生はやっぱ、自分の能力を最大に発揮しなくちゃ意味がないだろ。それでどうしたら能力発揮出来るか、自分で考えてみろよ。な、わかるか」隣に作業着を着たおじさんとやっぱり同じ作業着を着た若い男がいる。若い男は下を向いてじっとしている。

「それはだな、和、和だよ。一人では物事を突っぱらかってやっても、な、お前のことを誰か認めるか？　人生そういうもんじゃないんだ。わかるか？」若い男は下を向いたまま頷いている。おじさんというものは人生訓たれずに生きて行けないのだ。「真面目に人生やったら、これは、報いられる。今すぐじゃないかも知れないよ、でも長い目で見なくちゃなあ」おじさん、もっと面白い人生訓たれてよ。それに威張りくさって両足おっぴろげないでよ。あーおじさんちでは誰もおじさんの言うことときいてくれないんだ。

おじさんは皮膚が厚そうである。そして少しぼこぼこして毛穴が荒い。とても無神経そうに見える。きっと無神経なんだ。タクシーに乗ると運転手に、新聞に書いてある通りの政治談義なんかするんだ。

おじさんは「ねえちゃん、電話どこ?」と足をおっぴろげたまんま怒鳴っている。おじさんはレジの横のピンクの電話に十円玉を入れて、馬鹿に背中を丸めて小声で話をしている。若い男はほっとしたように、おじさんがいなくなったので、首をあっちこっちに曲げて肩をほぐしている。

おじさんは戻って来ると、椅子にどてんとひっくり返って、「な、まあそういうわけだ。お前、現場に戻れ。俺、ここでもう一人待ち合わせしたから」若い男はみるみる明るい顔つきになって直立して、四十五度位のお辞儀をして出て行った。

私はぼんやり外を見て煙草をのんでいる。

おじさんの前にドシンと腰をかけた女がいる。黒い革のミニスカートからけっこう太めの脚を黒いストッキングで巻いて、ヒールの高い靴をはいている。化粧もけばく、のばした爪に赤いエナメルを塗っている。「何よ、今頃」「いや、別に用がなくちゃいけねえってわけもないだろうが」おじさんは小ちゃい男の子みたいに、両手をひざの下に差し込んで体を前後に動かしている。「私、その作業着嫌なのよね、脱いでよ」おじさんは急いで作業着の上着を脱いだ。隣に若い男女の二人連れが来て座った。男は黙ってマンガをジャンパーのポケットから出すと、だらしなく斜めに体を椅子に押しつけて読みふけり出している。女はボーッと外を見ている。若いアベックって何も話すことがないんだ。

「食えよ」おじさんの声がする。女が赤い爪をのばした指で、まっ白い梨の四つ切りを摑んで口の中に入れた。サクサクと音がする。「おいしい。本当、用がなくてもいつでも呼んで。あんたって本当に見かけとちがうんだよね」「今日はどうだ」「皮もうちょっと厚めに剝いて。梨ってそのほうがおいしいのよ」「そうか、そうか」おじさんは、自分の皮をくりくりと丁寧に剝いていた。

「梨って、小さいぼちぼちが口にさわるから、好きなんだあ。汁っ気も多いじゃん甘いしさあ」見ると作業着のあったところに長十郎の皮がとぐろを巻いていた。「二十世紀なんて、青くさくってさあ」「そうか、そうか」皮の上あたりから声がする。

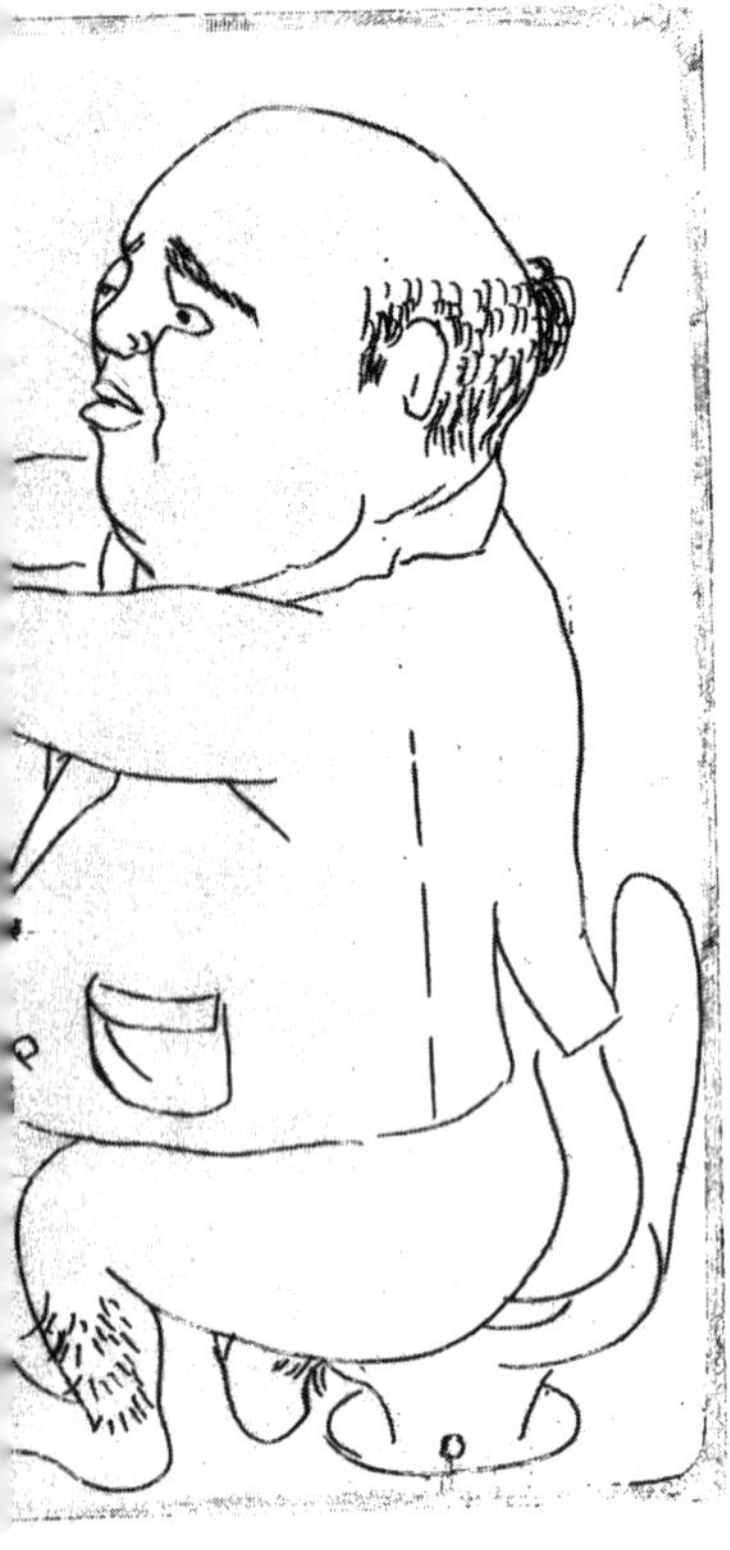

ばなな

一軒の家に女が五人も一緒に住んでいる。それも姉妹で。傍目には、何だかぴったり重なって連れだっているようで、仲良く見えるかも知れないけど、これでなかなか大変なのよ。不思議なもので序列があるの。ごはん食べる時も、寝る時の並び方も一緒なのね。私の右が妹で、その向こうが下の妹、左が姉さんで、その向こうが上の姉さん。

そりゃよく似てらっしゃると言われるけど、これでひとりひとりずい分違うの。「私達、本当はもっとたくさん兄弟がいたみたいなんだけど」って上の姉さんが言った。「えー？　五人だって多過ぎる位じゃないの」「それが、もう五人とか六人とかって単位じゃなかったみたい」「父さんが、別に家でも持ってたの」「それがわかんないんだけど、やっぱりまとめてどかっどかってどっかにいるみたい」「えー気味悪い」「父さん何考えていたんだろ」「でも、もう死んじゃったんだし、私達だって父さんや母さんのこと忘れてしまったもんね」「あー、あんたいちばん下だからね。そうかも知れないね」

ある日、上の姉さんがいなくなった。気がついたらいなかったんだ。「姉さん好きな人がいたのかしら」「あの人、けっこう男の人に媚売ってたの知ってる？　目立ちたがり屋だったじゃない。五人も姉妹がいれば焦るわよね。売れ残るの嫌だったんでしょ」「あら、私だって行かず後家にはなりたくないですよ」「やっぱり順番じゃなくちゃね。姉さん幸せならいいじゃない」

次の日いちばん下の妹がいなくなった。「あの子まだ未成年よ、ませてるわ」「あんなおとなしい子だったのに」「おとなしい割には思い切ったことする子だったわ」「騙されたり不倫じゃないといいけどね」「それは何ともわからないもの」「仕方ないわ、いつまでも五人でくっついていたら、不健康かも知れないし」

その時、毛の生えた男の手が下の妹を私の横から引っこ抜いて行った。私はもう人のことなんか考えていられなかった。どきどきしっ放しなの。朝日が差し込んで来た明るい食堂だった。私の体をわし摑みにする人がいるの。そして私を姉さんから引きちぎったの。十九歳位のとってもきれいな男の子だった。白いTシャツに破れた

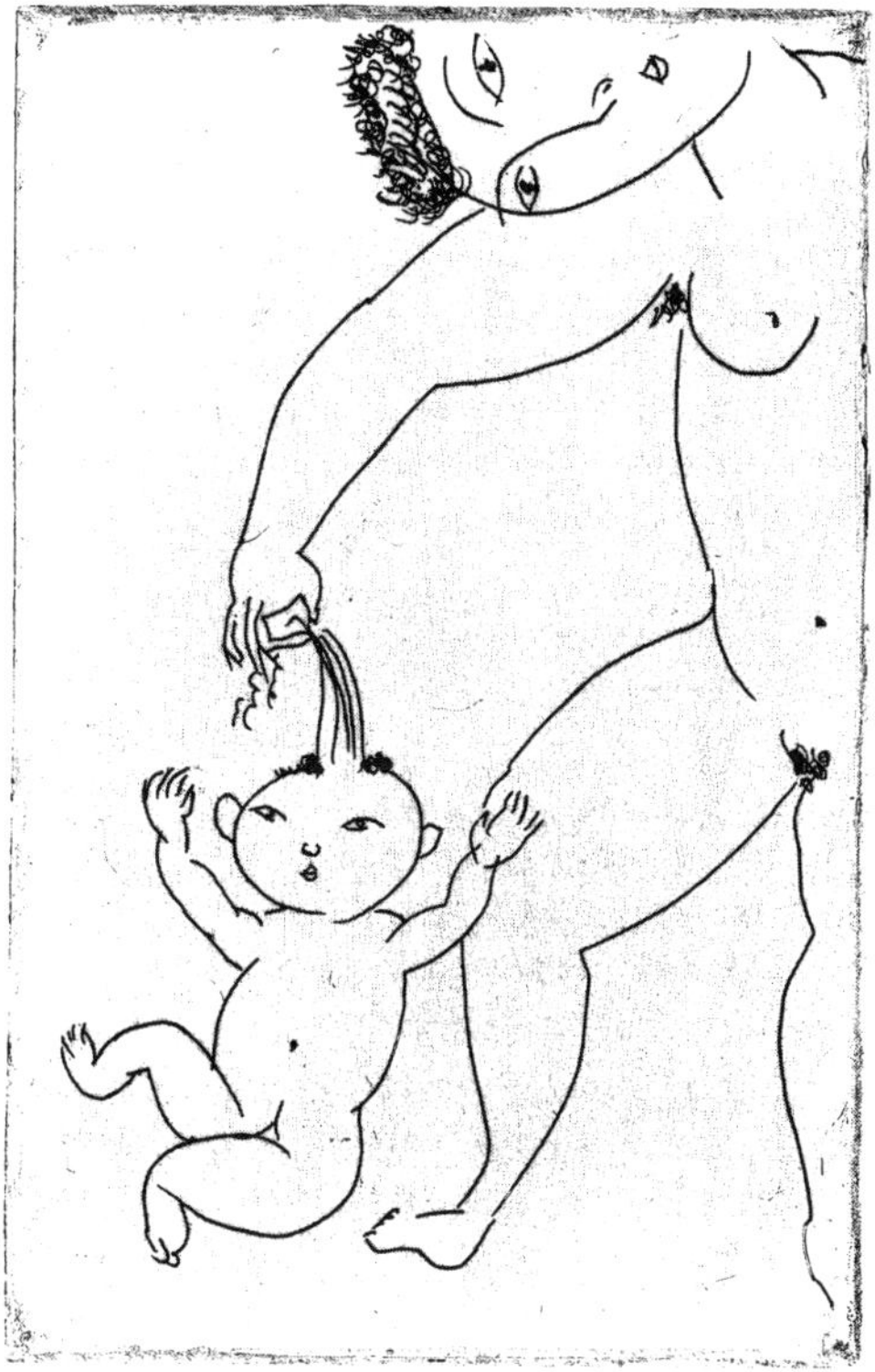

ジーンズはいて、私のことじっと見たかと思うと、ひと思いに私を剝いたの。洋服を頭から下へ引き裂いたの。三回引き裂かれたら私、素裸だった。私は素裸のまんま男の子の顔見てた。

私、「あなたのこと大好き」素裸のまんま瞬間にそう思ったの。歯が白くて前歯のふちが濡れて光っている。男の子、その歯の間からずい分大きい舌をぺろっと出すと、私のことしゃぶり出したの。そして、しゃぶったところ歯で食いちぎった。私は男の子のだ液と一緒に男の子の喉を通って胃袋までゆっくり落ちて行った。私の上に私が次から次へと落ちて来る。あー姉さん、お別れね、早く姉さんもいい人見つけて。だんだん私溶けてゆく。だから……姉さん……。

柿

ソーホーのロフトって初めて見た。見たいからわざわざ、古い名簿探して、まゆみの住所突き止めて電話したのだ。

もう二十年も会っていなかった。

「七時半頃いらして下さる？　お野菜と湯ドーフでお食事一緒にしましょうよ。私飲まないから、もし飲むなら飲み物だけ持ってらして」

電話の声は変っていなかった。でも飲まない？　まゆみは私が知っている時は、朝からでも飲んでいたのだ。お野菜？　湯ドーフ？

本当にエレベーターは、倉庫で鉄の固まりを上げたり下げたりするために作られているみたい。

「こっちがスタジオ。今、作品展示してあるから見て下さる?」

何だか、ぶら下がっているものも、地面から突き出ているような固まりも全部ロープで出来ている。

「一応テーマがあるの。これはね、〝我々はいずこから来て、いずこに向かうか〟っていう意味かしら」

何だかよくわからない。

台所の横にコンロと野菜を切って入れたかごがあり、切り干し大根と油揚げの煮つけが赤い漆の鉢に入れてあった。

「私、ベジタリアンになったの。殺生はしないってことよ。四つ足も魚も食べない。男もね、普通の意味で肉体で愛し合うっていうことはもうないの。もっと高い意味の愛、根元的な愛ってことかしら」

まゆみはオリンピックって言われていたほど、国際色豊かな恋愛チャンピオンだったのだ。

「生命は滅びることはないの、魂は不滅なの。カルマ。もし現世で悪いことしたら、必ず来世ではその報いを受けるの。人間はカルマから逃れられないの」

私そんなこと話しに来たんじゃないけどなあ。恋愛オリンピックの顚末を知りたかったのに。

「私ね、今度生れる時は人間よりも高いものになりたいの。姿はなくてもいいの、ないの。口では言えないけどバイブレーションでわかるの。そのための修業があるの」

ずい分勝手じゃない。自分だけ救われればいいのかしら。

でも、お野菜と湯ドーフはとってもおいしかった。油っこいアメリカの食事にうんざりしていたからかも知れない。私、別に、何に生れ変ってもいい。人間より象が下等ってこともない。みみずだってみみずの一生ってものがある。人間が、神のほうが、猫より上等ってこともないんじゃない。

白菜にだって神は宿るってのが私の考えだもん。

ホテルに帰って私は鏡を見た。「ねえこの鏡、変じゃない」私は男に呼びかけた。「馬鹿に幅広にうつっていない？　色も変じゃない？　この鏡、赤くない？」「君すごくいい頃合いになったよ。色を見るとわかる。待ってたんだ」

男はトランクからアーミーナイフを取り出すと、私をくるくる剝き出した。

「柿は少し熟し過ぎのほうが俺好きなんだよ」男は私を四つ切りにすると、溶けかかった私の四分の一からたれている汁に指をべとつかせてひと口で舌の上で潰した。カルマってあるんだわ。もう四分の一を男は摑んだ。歯と舌が近づいて来る。何だかとっても幸せで安らかな感じ。至福ってあるのかしら。

キウイ

　父さんは本当は私のこと、とても愛していたんだと思う。ごはんが済むといつも私をひざに乗せて、あごを私の頭の上にぐりぐり押しつけた。父さんのひげがジョリジョリした。そのうちにあごを私の顔のほうにずらせて、私のほっぺたにこすりつけた。「父さん、ひげが痛いよ」と私が言うと、「これは俺のひげじゃない。お前の毛だ。父さんのもんか」と言った。それで私はいつも泣いた。

「じゃあ、父さんがお話をしてやろう。猿の話だ。昔あるところに小さい子猿がいたんだ。色は真っ茶色、そして毛がホワホワたくさん生えている。とっても可愛い毛なのに、子猿は毛が嫌で仕方なかったんだ。だから父さん猿に隠れて、毛をみんなむしってしまった。どうなったと思う。真っ赤っかな赤むくれ、痛くて痛くて死にそうになっちまった。お前も毛をむしり取りたいかい?」「私つるつるがいい。姉さんみたいに」「姉さんは姉さんさ。お前はそれでいいんだ」「私、姉さんみたいに赤くてつるつるがいい」すると父さんは突然怒鳴った。「人間、中身が問題だ。お前は真っ茶色で毛が生えているからって何だ」父さんはそう言うと私の体をごしごし撫でてくれた。父さんはそれから少したって死んでしまった。

姉さんと歩くとみんな姉さんを見た。姉さんはつんつんして自慢そうに、自分がとってもきれいに見えるように首を傾げていた。私はちっとも大きくならなかったし、ちっともきれいにならなかった。

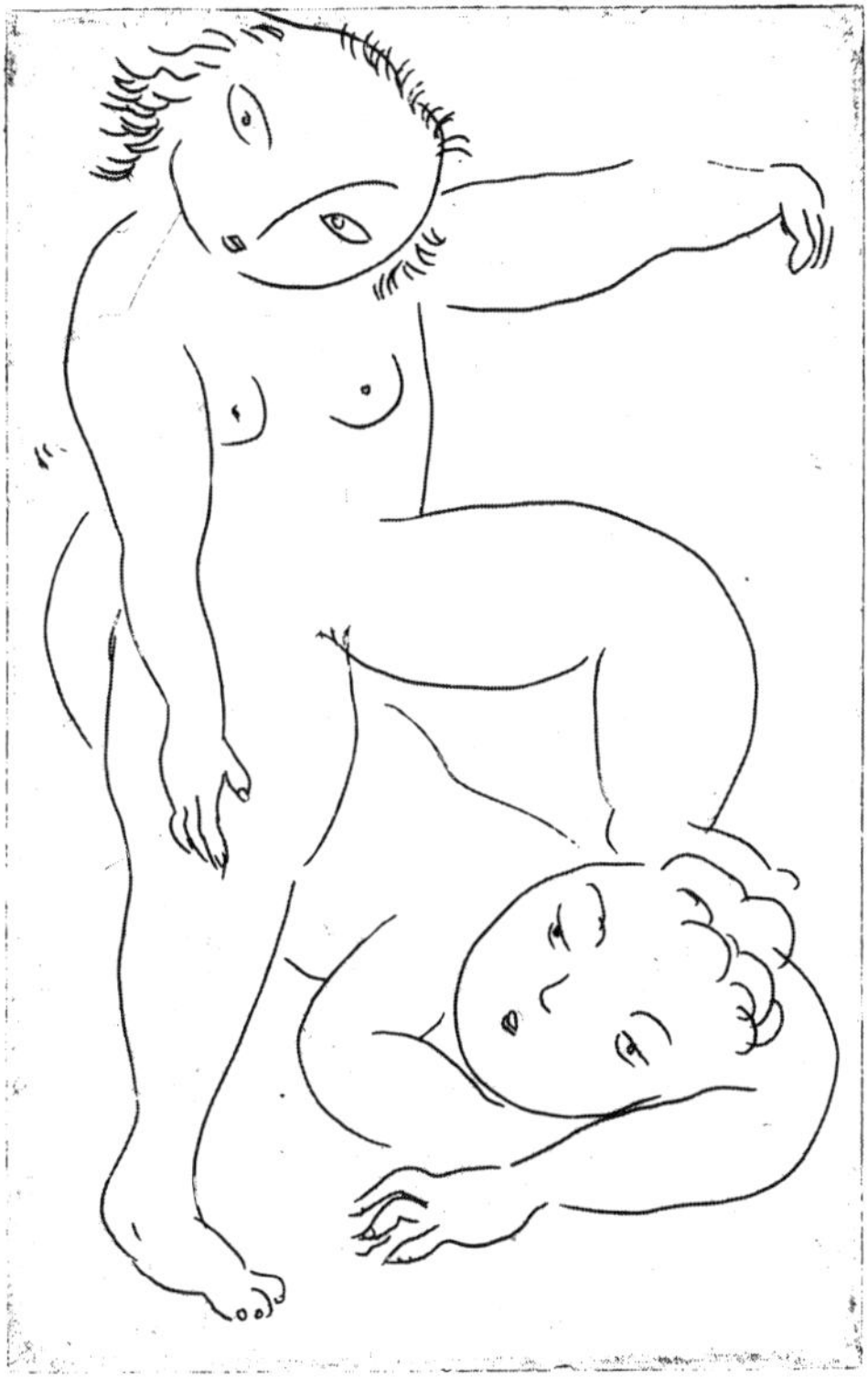

姉さんはお金持ちのお医者さんの息子さんがもらいに来た。

結婚式の日、姉さんは白いウェディングドレスを着て、白い花がたれ下がっている花束を持って、その日だっていちばん自分がきれいに見えるようにうつむいて、時々恥ずかしそうに目を上げた。私だってうっとりしてしまった。姉さんはお色直しの時、私に花束持たせて、「あんた、結婚式の時、ながーいながーいベールをかぶるのよ、絶対に顔見えないようにね。中身まで毛が生えて真っ茶色だって思われてしまう」と言った。姉さん本当にとっても意地悪だったんだ。誰もそう思ってなかったけど。特にお医者さんの息子さんなんか。お医者さんの息子さんもお医者さんだった。

ある日、もう兄さんって呼んでいたお医者さんの息子さんが、「キーちゃん。医学は進歩したんだよ。キーちゃんの毛、きれいに取ってあげるよ」と言って病院の手術室のベッドに私を寝かせた。そしてキラキラ光るメスをたくさん並べて、私を頭から剝いていった。「キーちゃんすごい。キーちゃん嘘みたいにきれいなみどり色だよ」そして私を真っ二つに割ると、「すごい。とってもきれいな小さい種が並んでいる」そして私をたくさんの輪切りにするとひと切れつまんで食べた。

「キーちゃん。信じられない。すごく清純で透きとおっているおいしさだ」と言ってふた切れ目も食べた。「姉さんに言っちゃあ駄目だよ」と言ってお医者さんの息子さんは、私を全部食べてしまった。私、もちろん姉さんには何にも言わなかった。父さんは、私の中身がこんなにきれいだって知っていたんだと思う。

パイナップル

第一印象って当たらないと思う。

みいちゃんに初めて会った時、「うあー、こわそー。何かいばっていて感じわるーい」と思ったから、あんまり側に行かなかった。

私まだ十八でみいちゃんは十七だった。

みいちゃんは、すごくきれいな色の格子縞のスカートをはいていて、前のほうが真っ赤と紫色で、うしろが真っ青と紫色で、私は羨ましくてうっとりしてしまった。「これどこで買ったの」ってきいたら「教会のバザー。きれいでしょ。中古よ。でもねー、私、骨太だから、もう少しすらっとしていたらいいのに、嫌になっちゃう」と言ったから、「すごく似合うよ、いいなあ」と言いながら、ちっともこわくないや、ふつーの女の子みたいと思った。それから、私とみいちゃん、けっこう仲が良くなった。

私がひろしと仲良くなった時、ほかの人達は、「みどりさんとひろしくん、なんか似合わないカップルだね。だってひろしくん今風のハンサムじゃない」なんて言うから私、腹立った。

みいちゃんは、「ひろしくんは、みどりさんのデリケートで複雑なところが、自分に必要と思っているのよ。あの人、見かけよりしっかりしているよ」私嬉しくなって、みいちゃん頭いいし、優しいと思った。私のことデリケートなんて言ってくれる人、好きだ。私とひろしはそれからずーっとうまくいって私、すごく幸せだった。

みいちゃんは「かまやつ」ってすごく変な人好きになった。だって「かまやつ」女たらしで、みいちゃんのほかにも何人も女がいた。

私はみいちゃんに、「『かまやつ』と本当につき合うの。ほかの女のこと気にならない？」って聞いたら、「『かまやつ』はああいう風にしているのが『かまやつ』なの。女がいると寄って行っちゃうのよ。ふわーって埃みたいに風が吹くほうに流れて行くの。でもほかの女は、風が吹くと通り過ぎられちゃう」私、みいちゃんてすごい大人で、えらいなあと思った。でも本当にみいちゃん、心の底から「かまやつ」のことそー思っているのかなあ、私にはただの無責任な女たらしにしか思えなかった。

「『かまやつ』はねえ、いつか死ぬよ。あの人、この世にただ来ているだけだから」と言った時、みいちゃん平気な顔していたから驚

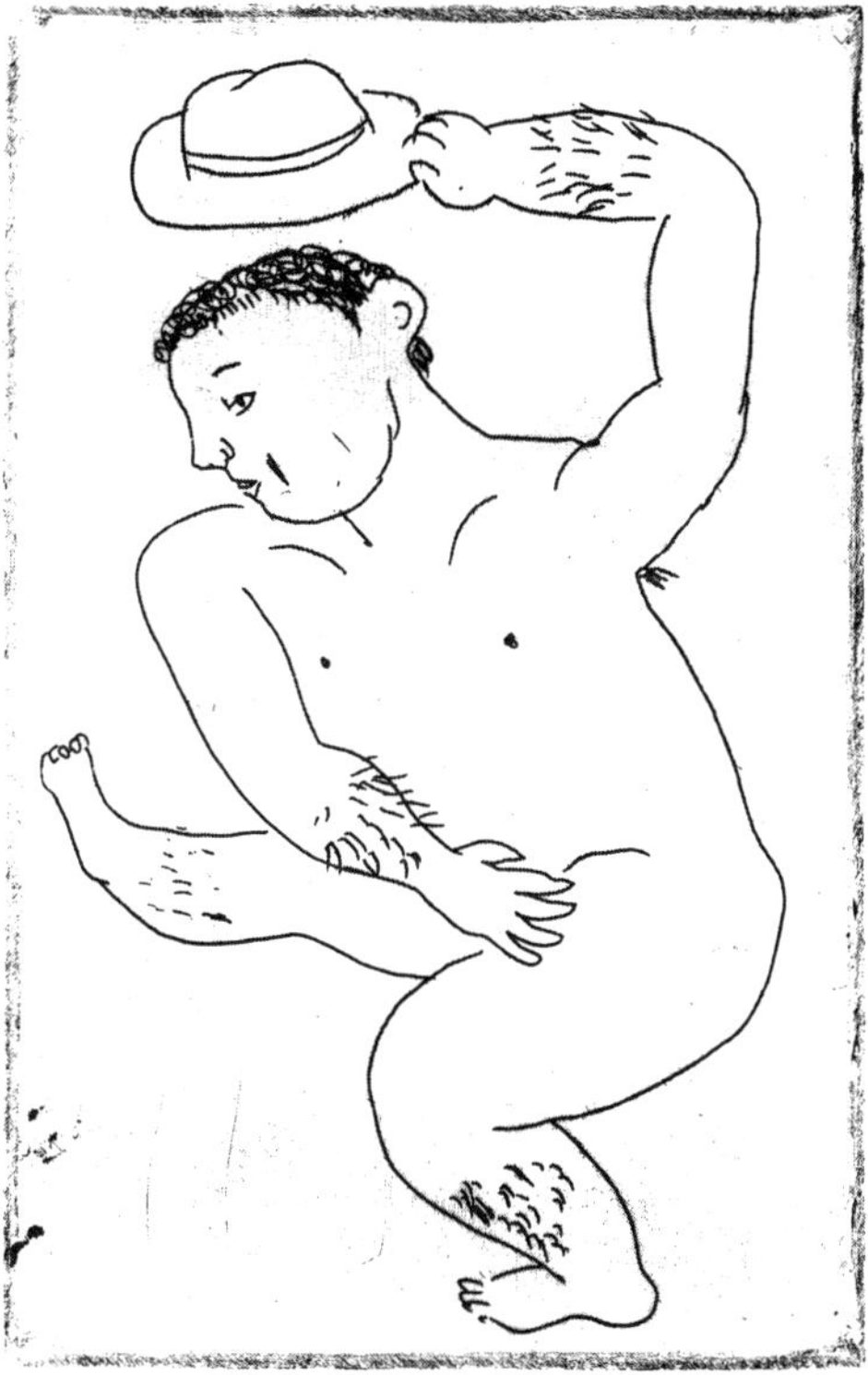

いた。

そしたら「かまやつ」本当に女と心中して、女だけ死んで「かまやつ」は生き残った。

それ聞いた時、心臓がひっくり返って、口のまわりが白くなってしわしわが出来たような気がして、ぶるぶる手に力が入らなかった。

「みいちゃん」私はみいちゃんが可哀想で走って行って首っ玉に抱きついた。みいちゃんは私をはねのけた。みいちゃんの体中、固いイガイガが、ぼこぼこ出来ているのだ。

「ほらね、私が言った通りでしょ、私ちゃんとわかっていたんだから」みいちゃんいばっている。みいちゃんを見たら、その固いぼこぼこに針金みたいな毛まで生えている。「私、何だってわかっていたんだから。ほら、食べなよ」とみいちゃんは自分の体、スパスパ輪切りにして汁べたべた流して、黄色い実を私の口にどんどん入れて来た。

すっぱくて甘くていい匂いがした。「ほら、私わかっていたのよ」私、口の中に筋が残った。舌っぺろがチクチクして来た。「かまやつ」にみいちゃん、こうやって食べさせたんだ。いばってどんどん自分食べさせたんだ。

第一印象って当たると思う。

メロン

姉ちゃんが来て、「ベニスに旅行、一緒に行こう。どんどん年取るんだもの、楽しもうよ。私、あんたと一緒にどっか行くのいちばん好きで楽しいんだ。亭主よりも女同士のほうが気楽じゃん」と言った。「行きたいわねえ、でも、うちお金ないもん。あの人の月給いくらだか知っている？　私、豚肉だって三枚肉以外は考えちゃうんだから」と言ってやった。「あら、お金なんてどうにでもなるわよ。ねえ行こう」と言いながら、自分のこと鏡に映して、「あーあー、何か私、艶がなくなって来たと思わない。いいなあ、あなたつるつるしている。若いもんねえ」と言った時はカーッと頭に血がのぼった。つるつるしているって言われるの、どれ程こたえるか、あの人知っているのかしら。

姉ちゃんは、子供の時からすごく強引で、結婚だって自分の好きな人とすったもんだ大さわぎして、前の奥さん追い出してまでしたんだ。「姉ちゃんお金持ちだから気軽ねえ」と言うと「あら、私、働いているのよ。経済的に自立しなくっちゃ、女なんて卑屈になっちゃうわよ。あなたも働けばいいのに」よく言うよ。亭主が優しいから仕事出来るんでしょ。私なんかゴキブリのように台所這い回っているのよ。うちの亭主なんか自分の靴下のあり場所も知らないんだから。「そんなこと教育しなくっちゃ駄目よ。気をつけないとあなた男は女を母親だって間違えるわよ」ってまだ鏡見ている。

「私、姉ちゃんみたいに才能ないもん」「人間才能じゃないわよ。やる気だけよ。私は自分を安売りしなかっただけよ」「どーせ私は安物よ」と言ったら泪が出て来て泣いてしまった。「姉ちゃんなんか、私の気持ちわかっていない」「あなた少しひがみっぽいわよ。ねえベニス行かない？」「そんな身分じゃないって言ってるのに。世の中はね、あんたみたいに好き勝手が出来る身分の人ばっかじゃないんだから」「気の持ちようなのになあ。仕方ないな、じゃうちの人と行こうかな。たまには姉妹で行きたかったのに」姉ちゃん義兄さんとベニスに行った。

うちの人、ムスッと帰って来て、「風呂」って言って黙ってごはん食べて、「寝るからな」と言うと、私のこと無雑作に持ち上げ、ナイフでくるくる私を剝いた。つるつるしているもんだから、私の

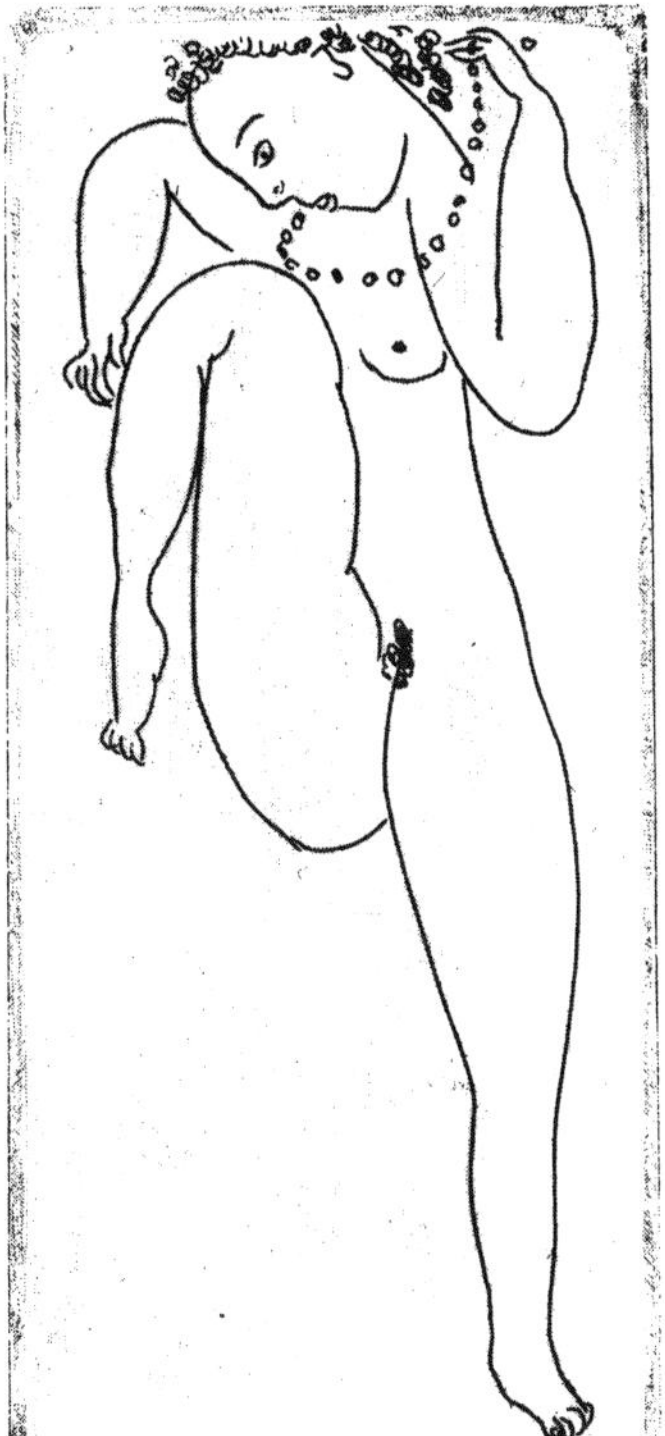

ことい っぺん手から滑り落とした。私の汁、手についたの舐めながら、「何で世の中はマスクメロンのほうがうまいと思っているのかな、お前が高かったら、味はお前のほうが上等だぜ」と言って私を食べた。

姉ちゃんがマスクメロンだってこと、妹の私がどんなにコンプレックスに思っているのか知ってるつもりなのかしら。うちの人って無神経。私のこと、安物だから好きなのかしら。どうせ、私はつるつるのプリンスメロンよ。

今頃姉ちゃんベニスの高級ホテルで、義兄さんにスプーンですくって食べてもらっているんだわ。夕陽なんか見ながら。

ブルーベリー

みどりさんて、初めて会った時から、「まあ、かわいらしい」ってつい側に寄って行きたくなっちゃう人でした。かわいいって、年に関係ないのです。みどりさんはＰＴＡで知り合った人ですから三十を過ぎているのは確かなのに、可憐ってこういう人なんだわ、若い時どんなに素敵だったろうと思いました。私すぐお友達になりました。

「あなた、いつもとってもきれいにしているのね」私はみどりさんの紫色のワンピースを見て言います。「だってこれ安物よ、嫌になっちゃう。主人の月給安いのよ。結婚してから私、洋服なんか買ってもらったことないのよ」「あら、ご主人とっても優しそうな人じゃない」「優しいんじゃないのよ、無口なの。つまらないの私」私、びっくりしました。みどりさん、とっても幸せそうな奥さんに見えるんですもの。

それにいつも新しい車に乗っています。ご主人の月給安いなんて全然思えません。

「あかねちゃん、とってもかわいくてうらやましいわ」小学校一年生のあかねちゃんも、とっても器量良しでした。「でもね、あの子足が短いでしょう、主人に似たのよ」「あなた、ぜいたくね」それでも私とみどりさんは仲良しでした。

お家も近くでしたので、時々、コロッケをたくさん作った時、お

すそわけしたり、いただき物の岡山のおいしい桃をわけていただいたりしました。時々みどりさんは溜め息をつきます。「いいわね、あなた、お仕事が出来て。私もずっと勤めていたかったのよね」「あらあなた、お母様がいらっしゃるんですもの、預けて働けたでしょう。あんなまだお元気なんですもの」「駄目よ。母は昔の考え方の人だから、女は家にいるものと思っているのよ」「そうかしら、私、自分の母だったら安心して働けたのにって。保育園入れるまで苦労したから。私だったら母に押しつけちゃったわ」「うちの母は駄目よ。うちの子、おばあちゃん子だから。甘ったれ。母のせいよ」

ＰＴＡで学級委員、二人でしました。「うちのクラス、落ち着きのないの担任のせいよ。女だもの」「あらベテランだから大丈夫よ」

「駄目よ、先生のせいよ」私、仕事で多少の人間関係のいざこざはさばいて行くの慣れています。何とか一年の任期を終えました。

　二人でご苦労会やりました。「おつかれさま」みどりさんは私の腕に片手を押しつけて、「私達どうしてうまくいったと思う？　私が全部折れて来たからよ」と言うと、片手をベチョーっと押し潰すようにしました。紫色の汁が私の腕から手の甲まで染めました。「私が我慢して来たからよ」と言うと私の首すじを手でペチョーと撫でました。首にも紫の筋がつきます。

　みどりさんがブルーベリーだって気がついたの、その時でした。人にさわって、みんなを紫に染める人です。「うちの主人も母も日に二度もお風呂入るの、馬鹿みたい」って言っていた意味がわかりました。あんなかわいい人なのに。

ぶどう

わたしが小学校にもうすぐ入学するとき、おかあさんがいいました。「もう小学生なんだから学校へいったらたくさんおともだちをつくるのよ。ようちえんのときみたいに、あの子はきらい、この子はきらいだなんていっちゃだめ。だれとでもなかよくするの。ね、もうおねえさんになるんだから」「うん、わかった。ともだち百人つくるんだ」

学校いったら、となりに山下さんがいました。山下さんに「おひる休みあそぼうね」とわたしはいいました。「うん」と山下さんはうれしそうにわたしとゆびきりしました。きゅうしょくをたべているとき、まえにすわっているさとうくんが、「みちこちゃん、おまえ、とくべつ野球に入れてやるよ。ひる休みにやろうぜ」といったので、わたしは「うん、うれしいな」といいました。さとうくんはようちえんがいっしょだったので、ようちえんのときはたっくんといっていたけど、小学生だからさとうくんとわたしはよぼうとおもいました。きゅうしょくがすんで、げたばこのところにいったら、谷山さんが、「わたしたち、なわとびするけどいっしょにする?」とわたしをさそいました。「うんする」とわたしはこたえました。くつをはいているとき、ふくしままさこちゃんが、「ねえ、うさぎにえさやりにいくんだけど、たんぽぽのはっぱさがしにいく?」とわたしにきいたので、わたしは「うんいく、わたしたんぽぽのはっぱたくさんはえているところしってるもん」といいました。

わたし、おともだちとだれとでもなかよくしなくちゃいけないんだ。

「なにしてあそぶの」山下さんがわたしのうしろでいったので、「ブランコぶつけ」とわたしはいいました。こうていでさとうくんが、「みちこー、はやくこいよー」とボールをもってさけんでいます。わたしは、「えいっ」とわたしのみぎてをまるめて山下さんとあそびにいかせました。また「えいっ」とひだりてをまるめて、さとうくんのところに野球させにいかせました。

「えいっ」「えいっ」とわたしは、わたしをまるめてたくさんまんまるいわたしをちぎってまるめてなわとびもたんぽぽさがしにもいかせました。なんだかとってもすかすかしてしまったけど、おかあ

さんいったもん。だれとでもともだちになりなさいって。

かえりにくるまざきさんが、「わたし、ピアノのおけいこにいくけど、みちこちゃんもいっしょにおけいこにいかない」といったので「うん、いく」といいました。そして、「えいっ」とわたしをまるめて、ピアノのおけいこにいかせました。「どんぐり山にたんけんにいこうぜ」とうんのやすおくんがいったので「いくいく」とわたしはいって、のこっているあたまをまるめてどんぐり山にいかせました。

うちにかえったら、わたし、ぎざぎざのしんだけになっていました。おかあさんがわたしをみて、「あら、わたし、ぶどうをうんだおぼえはないわ」といいました。でもわたしだれとでもなかよくしたもん。

ざくろ

叔母は三文小説を生きて来た。何度も何度も。三文小説は多作でよいのである。

三文小説の幕をひとつ下ろすたびに叔母は確実に宝石の数を増やして行った。家屋敷も虫が何回も脱皮するように（もっとも何回も脱皮する虫がいるかどうか私は知らないが）次第に広げて行ったのである。叔母の手の甲にしみがひとつ浮き出したのを見つけた日から、彼女は三文小説の女主人公の役を下りた。下りて彼女は過去に生きる決意をした。時間を止めたのである、自分だけで。

若く美しかった日と同じ衣装を身にまとい、窓を閉めた。カビくさい、日の差さない屋敷で、若い娘の、それも五十年も昔の時代遅れの衣装をつけた老婆は異様であったが、しかし、叔母は決して外界に、目まぐるしく変わって行った時代に目を注がなかった。母が死んだあと、私は叔母の家で育てられた。叔母は情熱を込めて私の教育に打ち込んだ。

「あら駄目、あなた。殿方には決して、ありのままのあなたを見せてはいけないわ。殿方というものは、誰もありのままの女なぞ見たくはないのよ。殿方にはイメージしかないの。あなたはそのイメージをどこまで完璧に演じるかということに人生がかかっているのよ」「もう嫌だ、やりたいことも出来ないなんて。笑いたい時笑えないなんて」「笑いたい時笑うんだったら、そのへんの洗たく女と同じよ」「洗たく女のほうがましだあ」私が泣き出すと叔母は私に平手打ち食らわせた。「あなたに人生の快楽というものを与えたいのよ」子供の私にはわかったのだ。快楽と喜びは全く別のものであることが。

「宝石は死んでも安物をつけないことよ。もし、偽物の宝石を殿方が誰か女にあげたら、それは気持ちが冷めたしるしなの。見てごらんなさい、このエメラルド。ガラスとの違いは本物をよく見ておくことよ。それしか方法がないの」「あ、これきれい」「なんていう子だろう、これはルビーよ。ルビーは宝石の中では格が落ちるわ」「でもきれい」「もちろんルビーの中ではこれは極上ものよ。でもルビーだわ」「でもきれい」「あなたにもわかる時が来るわ。殿方はね、高価な宝石を女に身につけさせることで、その女を高価なものに変えてくれるの。女は宝石なのよ。私をごらんなさい」見たくもなかった。高価な宝石は永遠の輝きできらめいていたが、人間は年取って腐る。叔母は腐りかけている人間の女なのだ。

私は体ひとつで叔母の家を出た。十八の時だった。涼しい目の貧しい青年と私は恋に落ちた。叔母が知ったら失神しそうな若者と。

若者は私を手で包み、「全部食べたいよ」と言った。「いいわよ」若者は私を頭のてっぺんから二つに割った。私は知っていた。私、体中がルビーでつまっているのを。

「すごい、まるで宝石みたいだ」若者は弾けた私を、ホロホロ転がる私を拾って口に入れた。汁を吸うと種を吐き出し、手のひらにルビーの玉を盛り上げては口に放り込んだ。私は汁だけになって青年の喉を下りて行った。

「叔母さん、私は快楽ではなくて喜びを手に入れたわ。決して腐らない固い石なんかではなくて、生きた命が死ぬ生き物になって」

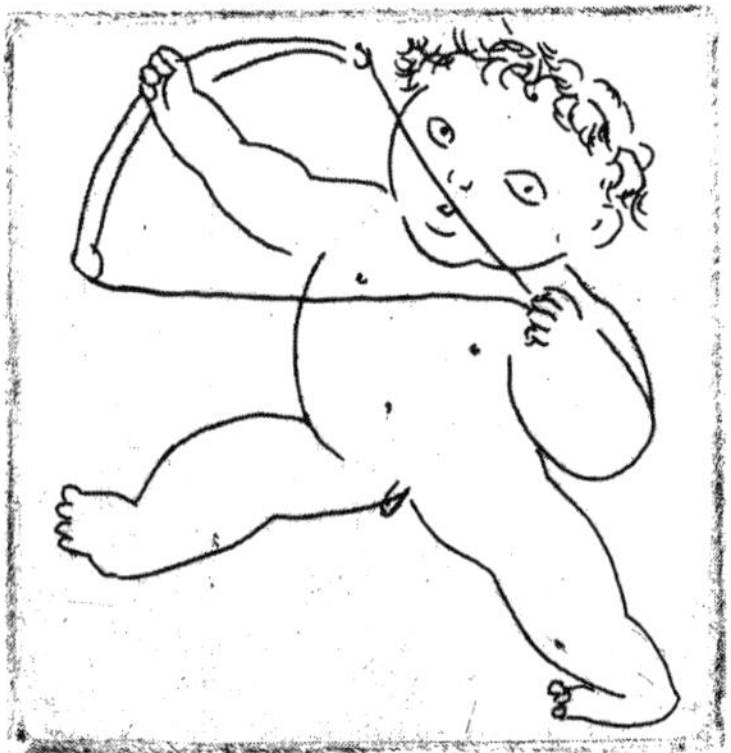

ライチ

青山の紀ノ国屋で私があの人に会った時、ちょっと私を見たけど、通り過ぎて行った。

私だって、あの頃四つか五つだったあの子が、あんな中年おばさんになっているなんてあの人見るまでわかんなかった。

でもあの子、私のことすごく好きだったんだ。私は別に、特にあの子が好きだったわけじゃない。国では、私はとても人気があったし、人はそれ相応の私の正しい扱いというものを知っていた。

何十年も私はあの人の記憶の底で死んでいた。

私のことだけ忘れていたんだ。あの人は私の国の黄色いほこりや、手をかざすと太陽の光で透けたあの子の小さい手が秋の空の青さで紫色のハレーションを起こしたことなんか憶えていた。あの子の家の隣のあひるのことも、庭の蟻のことも忘れていなかった。あの庭の松葉ボタンも犬のジョンのことも時々思い出していた。冬になると窓ガラスをレースのように覆う、氷の模様も憶えていた。石炭で腹を真っ赤にしたストーブの側で、凍った熟した柿をスプーンですくって食べたことも忘れていなかった。

父親があの子に買って来た、ふわふわしたうさぎの毛のついた靴も、壊れてしまった自転車のことも憶えていた。その思い出にいつもあの人と小さい兄さんがいた。

自分の子供が生まれて来ると、子供を寝かしつけながら、「母さんが小さい時に食べた、すごーくおいしいものの話してやろうか」「どんなもの？」「あなたが知らないもの。黄色い粟のおもちの中にね、黒いあんこが入っているの。それを道でね、中国人が大きなお鍋に入った油でね、ジャーッと揚げて、道に立ったまんま食べるの。あわてて食べるとあんこで舌がやけどしちゃうの」「僕も食べたい」「日本にはないの。あなたが知らないもの、母さんたーくさん食べたんだ」「それから？」「外側が真っ赤で、中が真っ白な甘ーい大根。こーんなに大きいの」「どん位？」「こん位」「それから？」「肉まん」「あー僕だって食べたことあるもん、肉まんなんか」「ぜーんぜん違う味してるんだ、ぜーんぜん違う匂いがしているんだ。あー思い出しただけで、よだれがたーらたら」

でもあの人は私のことは忘れていた。

六本木の料理屋であの人はまた私に会った。私をしげしげと見て、あの人は思い出さなかった。思い出さないばかりか、「なんですかこれ?」と隣の人にきいたりしていた。私は思い切って、裸になった。真っ白な裸の私を見て、あの人は「あっ」と言った。

そしてそうーっと、私を唇の間で噛んだ。私の汁が肉から破れてあの人の唇からたれた。

「あー」とあの人は言った。あふれるようにあの人は私を思い出した。私ははるばる中国から来たのだから。「兄さん」とあの人は言った。まもなく死んだあの子の小さい兄さんを私も思い出した。ボールいっぱいに剝かれた私を幼い兄さんと食べたことを、私を口の中で汁と果肉をぐちゃぐちゃにしながらあの人は思い出していた。私ははるばる中国から来たんだもの。

ラ・フランス

たかよしは保育園からの友達だった。母さんは「違うわよ、あなた達は生後三カ月目に市役所の福祉課の前で対面したのよ」って言う。保育園に入れないから、赤ん坊連れの母親達が福祉課に押しかけたんだって。「その時からたかよし、下ぶくれだった？」「あはは、今よりもっと」それからずっと私達は、しょっちゅう会っていた。下ぶくれのたかよしは特別な友達だった。たかよしは、いい感じなのだ。特に私に対して。

小さい時は、けんかして泣かされたり泣かしたりしたけど。私は下ぶくれのたかよしが、ちょっとグレたりして、髪の毛染めてすごんでいた中学生の時だって、私にとっては保育園のたかよしとちっとも変わらなかった。髪を黄色く染めた幼い顔の不良は、家に来ると、「俺な、大人になったらおやじの仕事継ぐんだ。おやじやっぱ半端じゃない男だぜ。あの人特別な目持っているんだよな」

たかよしの父親は青山で西洋骨董の店出して結構有名だし、本当に素敵なものばかり売っている。私の誕生日必ず覚えていて、アンティックのガラスのスプーンなんかくれた。「たかよし、これパクって来たの？」「だって将来は俺のものなんだから、考えようによっちゃあ問題はないはずだけどな」たかよしは下ぶくれがさらに膨らんでいた。父親に見つかって殴られたのだ。それでもまたパクって持って来てくれた。私はそれをおじさんのところに持って行って、

「たかよしにもらったの。これ、一応私のものだけど、返す」と言ったら、「たかよし、ふみちゃんに惚れてるんだよ。とっておきな」と言った。

私たかよしに惚れられたって困る。あれはきょうだいみたいなもんだ。それにあの下ぶくれじゃなあ。私はバスケット部の大山さんというれっきとしたボーイフレンドがいるのだ。たかよしだって知っていて、「どう? 大山君ともういい線まで行ってるの。でもふみちゃん、女は貞操が命だよ」って染めた髪と下ぶくれでオジンみたいなこと言ったりすると笑っちゃう。

そうして月日は夢のように過ぎた。私はいくつかの恋をして、破れた。そのたびに、たかよしを呼び出して、自慢して、泣いた。

「お前、結局面食いなんだよ。いい男の中身に行き着く前に惚れちゃうんだよ。少しは成長したら」もう今は立派な骨董屋の跡取り息子で、アルマーニなんか着て、父親と一緒にしょっちゅうロンドンやパリに行ったり、ルーマニアに行ったりしていて、英語だってペラペラしゃべる。それでも下ぶくれは下ぶくれだ。

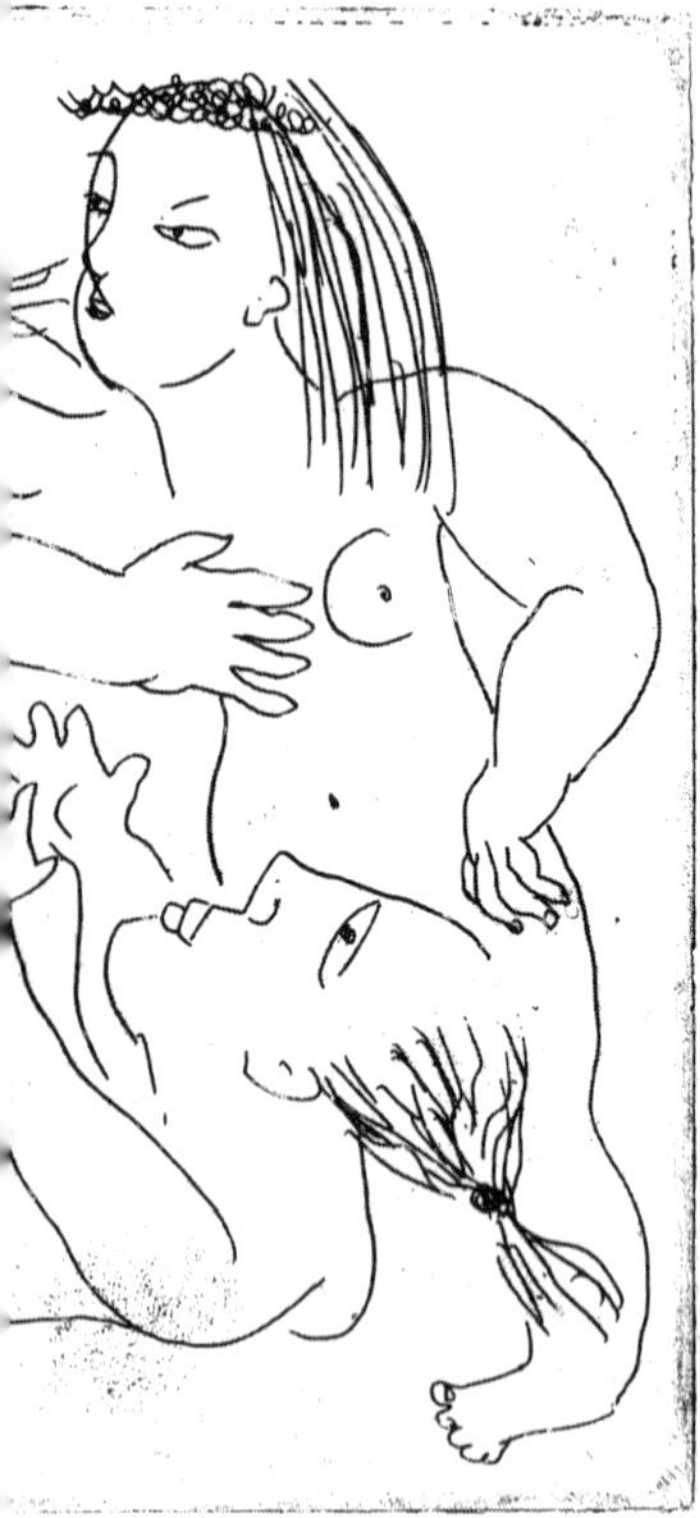

私は、たかよしの恋愛沙汰をきいたことがない。自分に夢中で、たかよしが女の問題があるなんて考えないのだ。でも気がついたら、いつも私と一緒に生きていてくれたのはたかよしだって気がついた。絵画館の前歩いていて、決定的にそう思ったのだ。「私、たかよしがいい」と言った。たかよしは「俺って、時間がかかるなあ。でもふみちゃん、えらい。今の俺は絶対に食いごろ」たかよしは下ぶくれの顔でじっと私を見た。懐かしくて見なれていて安心で泪が出ちゃった。たかよしってこんなにいい匂いで、汁気がたっぷりで、甘くてなめらかな人だったんだ。

私は、たかよしの下ぶくれを果物ナイフで薄く剝いて全部食べた。たかよしが口の中で香って溶けてゆっくり胃袋を下りてゆく。

「たかよし、下ぶくれでありがとう」

くるみ

　トムはトムと呼ばれていた。誰だってトムにトム以外の名前があると思ったりしないのだ。はっきり言って、トムは私達の中にいると、猫の中に一匹犬が混ざっているとか、うどんの中に一本だけそばが紛れ込んでいるとか、靴の中に一足だけ下駄が混ざっているとか、パンツの引き出しに一枚だけハンカチが入ってしまったとか、という感じなのだ。

　それはいろいろの人間の集団だから、さまざまな顔付きや、でぶやちびがいるけど、トムはそういう風に違っているってわけではない。

「結局あいつは傷つくってことがないんだよ」一郎なんかは平気でそう言っている。そして、ためしに殴ったりするのだ。トムは平然とした顔をしている。

「痛え、痛え、骨にひびが入っちまった」と言うのは一郎なのだ。

「こいつ血がないんじゃねえの」一郎は、自分のこぶしから血を流している。

女の子達は「トムって変わっている。もしかしたら本当にハートがないんじゃない？　トムって、誰か好きになったりするのかなあ」「そうよねえ、恋ってハートの問題だもんねえ」

「そうよ。恋って相手の心臓から血流させることよ」

まゆみは美人だから、自分の血流さないで相手の血流れるのを見るのが好きなのだ。実際、まゆみのために男の子達は、そこらじゅう傷だらけになるのだ。

私達はまゆみに言った。

「いいかげんにしなさいよ。その気もないのに男の子にちょっかい出すの。可哀想じゃない」

私達は、自分が恋している男が私達に見向きもしないで、まゆみにいたぶられているのが切なくて口惜しいのだ。まゆみのおかげで、私達すっかり優しい女の子になってしまう。

だから、まゆみがトムに手出しした時、私達は呆れ返った。まゆみ、皆殺しのじゅうたん作戦やるつもりなんだ。でも今度はさすがのまゆみも無理だろう。何しろトムはもしかしたら血なんかないかも知れないもの。ハートなんてどこにあるんだかわからないもの。

ある日、まゆみが虚ろな目で教室に入って来た。

「どうしたの」「トムよ」「トムがどうかしたの」「あいつなかなか私になびかないの。撫でてもさすってもつねっても駄目なの」

私達はいい気持ちだった。トムまでなんてやり過ぎよ。

「しゃくにさわったから金づちで、あいつの頭かち割ってやった」「それで?」「そしたらあいつの頭の中、耳みたいにぐねぐねしているの。それで、その中にびっしり実が詰まっていたの。だから食べた。実崩さないようにそーっと抜かなきゃ駄目なの。あんなに香ばしくっておいしい実が詰まっているなんて知らなかった」「それで?」「それで、私恋に落ちたのよ。やめられないの」「トムは?」「金づちで割ってくれる女待ってたって。トムは私のものよ、他の男なんて水っぽくて。トムの本当の名前、くるみなの」

あとがき

うちの煮物の中に入っているにんじんは大き目の大福位の大きさで、父がひとこと「食え」と言えば、私は目を白黒させて、口からはみ出るほどのにんじんをのみ込んだ。

口からにんじんが入っていくと、目から泪が出てくる。ようやく飲み下したにんじんがのどのあたりから、ゲボッとまたなぜか口まで戻ってくると、父は狂気の目をして「馬鹿野郎」と低くつぶやく。一度口まで戻ってきたにんじんの味はすごかった。

幼稚園で弁当のふたを開けるとほうれん草のおひたしが入っていたので、私はそのままふたを閉めると、やさしい園長先生が私のうしろに立っていた。昭和天皇の皇后さまのような園長先生が「食べてから帰りましょうね」と静かにおっしゃった。

誰もいなくなった教室で、私はほうれん草を前にしてじっと動かないで永遠の時がすぎた。皇后さまはただただ静かに教室をいったりきたりするのだった。私は皇后さまのしん抱強さだけが思い出されて、ほうれん草を食べたかどうか思い出すことができない。

今私は、「野菜は偉いねー、一つ一つちゃんと違う味をしているし、目をつぶってヒラメとカレイの違いはわかんなくても、枝豆とそら豆はいっぱつでわかる、ウン野菜は偉い。おまけに、焼きなすとみそ汁のなすは全然違うのが偉い」などと言って、泪が出ちゃうほど嫌な野菜など何もない。それが私は淋しい。なんでもおいしく食べられるのは嬉しくて淋しい。

本書は一九九二年七月、筑摩書房より刊行された。

ちくま文庫

食《た》べちゃいたい

二〇一五年七月十日　第一刷発行

著　者　佐野洋子（さの・ようこ）
発行者　熊沢敏之
発行所　株式会社　筑摩書房
東京都台東区蔵前二―五―三　〒一一一―八七五五
振替〇〇一六〇―八―四一二三
装幀者　安野光雅
印刷所　明和印刷株式会社
製本所　株式会社積信堂

乱丁・落丁本の場合は、左記宛にご送付下さい。
送料小社負担でお取り替えいたします。
ご注文・お問い合わせも左記へお願いします。
筑摩書房サービスセンター
埼玉県さいたま市北区櫛引町二―六〇四　〒三三一―八五〇七
電話番号　〇四八―六五一―〇〇五三

ISBN978-4-480-42878-3 C0195